苦糖

何雨佳 著

图书在版编目（CIP）数据

苦糖／何雨佳著．－－成都：电子科技大学出版社，2018.1
ISBN 978-7-5647-5257-6

Ⅰ.①苦… Ⅱ.①何… Ⅲ.①长篇小说-中国-当代 Ⅳ.①I247.5

中国版本图书馆 CIP 数据核字（2017）第 274610 号

内容简介

从一个派对夜晚后的昏迷中醒来，瑞安发现自己的一切都被摧毁。自己赖以生存的让时间倒流的超能力突然消失，面对分崩离析的生活，他选择了逃离。而更加扑朔迷离的事件，伴随着他与莫得的逃亡之旅骤然来临。一切，从夏日的巴黎渐渐开始。

苦 糖
KU TANG

何雨佳 著

策划编辑　兰　凯
责任编辑　兰　凯

出版发行　电子科技大学出版社
　　　　　成都市一环路东一段 159 号电子信息产业大厦九楼　邮编：610051
主　　页　www.uestcp.com.cn
服务电话　028-83203399
邮购电话　028-83201495

印　　刷　四川永先数码印刷有限公司
成品尺寸　140mm×210mm
印　　张　9.375
字　　数　150 千字
版　　次　2018 年 1 月第 1 版
印　　次　2018 年 1 月第 1 次印刷
书　　号　ISBN 978-7-5647-5257-6
定　　价　25.00 元

版权所有，侵权必究

献给我
亲爱的生活

　　我把头轻轻地靠在车窗上。窗外，一辆辆车飞快地驶过。

　　道路两旁成千上百的路灯散发出的光晕让我的眼睛开始半睁半闭。

　　我听见远处有几个人在大声地笑着。

　　车里在放 Boston。我隐约听清一句：

　　"……She said you don't know me, you don't wear my chains……you don't care about me……"

　　又有谁在意呢。

　　我把车窗摇起来，不让风吹到我的衣领里去。耳边仍然回荡着音乐声，只不过这音乐声越来越遥远……

　　我合上了眼睛，任由身旁的一切在我的世界外肆意地睡去。

Part 瑞安

chapter 1 　关于我的过去　/1

chapter 3 　噩梦的开始　/25

chapter 5 　压力重重　/52

chapter 10　离开　/94

chapter 12　我们去巴黎吧　/113

chapter 14　巴黎与过去　/127

Part 莫得

chapter 2 　昨夜的灾难　/23

chapter 4 　我在这个学校　/44

chapter 9 　逃离　/89

chapter 11　质疑　/108

chapter 13　我们到巴黎了　/122

chapter 15　下一站　/154

Part 瑞安

chapter 16　阿维尼翁与曾经　/162

chapter 18　海边　/175

chapter 19　回来　/205

chapter 21　和解　/223

chapter 23　如果　/230

chapter 24　派对　/240

chapter 25　毕业前夕　/245

chapter 27　道别与重逢　/256

chapter 30　以后　/277

Part 莫得

chapter 14　我想留在这里　/170

chapter 21　生命里的冬天　/218

chapter 26　后来　/252

chapter 29　她已经离开　/274

目录

Part 尤里安
    chapter 6　艾德　　　　　/76
    chapter 8　惊喜　　　　　/84
    chapter 28　一生　　　　　/264

    Part 艾德
        chapter 7　尤里安　　　/80
        chapter 23　他　　　　 /227
    后记　　　　　　　　　　/292

chapter 1
Part 瑞安
关于我的过去

2011.5.9
早晨

我必须向你坦白一件事。一件非常重要的事，可现在的我，脑袋被一片奇怪的乱鸣声充斥得不留余地。

你体验过那种心里突然落空，整个人颤抖了一下，紧接着，各种恐惧、焦虑"轰"地一下就像一阵狂风侵袭自己的感觉吗？——就像我现在这样？

而就在几小时前——也许更短——就是这样。

一辆黑色的甲壳虫，一棵杏树，一座喷泉，一阵奇怪的爵士乐，一声干冷的大笑，一群穿着牛仔裤的高年级学生,一个钥匙扣,一个破了半边的红酒杯,一道晃眼的白光,一个穿格子衬衣的人……

  我所有能想起来的、关于我失去意识前的那几小时的一切事物,恐怕只有这些。就算你要强迫我让它们被牵强地串成一个类似于电影里的那种关于疯狂派对的有趣故事,我仍然只能向你摇摇头——我甚至无法串成一个完好的故事。

  抱歉,实在不是你想象的那样。那不过是,我的,一个,普通的,晚上。那一天的开始,也是一个普通大学生的无趣的一天的开始而已。

2011.5.8
早晨

  我两手揣在兜里,若无其事地走出家门。桌上放着的几片面包、一杯热牛奶和几片哈密瓜看起来并不属于我关心的范畴。

  门口,希文靠着一棵树,嘴里吐了个巨大的泡泡糖。尽管我已经拜托过他很多次了,他仍然坚持把那顶鲜黄色的棒球帽歪歪地戴着。我很怀疑一阵微风就可以把它,连同他主人的脑袋一起卷走。不是我有意看不惯他,可他身上的坏毛病实在太多了,而且做事竟然比我还不动

Chapter 1 关于我的过去

脑子。可惜的是，学校里许多没见过世面的女生，就喜欢他那副吊儿郎当的样子。果然，一张好看的脸可以掩盖一切。

而我就没那么幸运了。我没有那样一张脸，也没有什么了不得的特长，总之，就是再普通不过的一个人。

可我，拥有一个秘密。

"喂，"他斜着嘴笑了起来，"今天晚上有一个派对。你去吗？"我？我当然不去，那种无聊的狂欢简直就是……

"去啊。反正没什么事。"我言不由衷地说道。这倒是真的，因为我的时间多的是，可以慢慢挥霍。而希文就不一样了，趁着他的外形还没被他惊人的食量撑破，他还可以利用这些没用的社交活动去寻找他的真爱——这是他的原话。但你知道，这当然不是真的，所以我才会勉强答应。

等会儿，我们就会来到我的大学——整个帕里国最"包罗万象"的大学之一。从我旁边滑过一个踩着血红色涂鸦滑板的男生，是对面坐在一堆枯草丛里的那个穿着白衬衣，戴着个圆眼镜的女孩的意大利语课同桌。那个女孩叫莫得，人们说她是一个整天捧着本书念叨的妄想症患者。其实呢，我和莫得从很小的时候就认识，并且，算是一种特殊的关系，应该——定义为好友吧，因为她是唯一一个总是能明白我的人——至少这一点上和那群夸夸其谈的傻瓜不同。但我们也不是恋人。路灯下面，几个来自学校体操队有着一头漂亮金发的女生，正兴致勃勃地谈论着最近的一些所谓的时尚。她们真应该和小路旁边那群一天到晚都在拼命涂指甲油的女生坐一块儿，顺便带上那几对疯狂秀恩爱的愚蠢的小情侣，因为很明显的是，她们打扰了几个一边看微积分，一边跌跌撞撞地晃进教学楼的叱咤学科成绩排名榜的同学。楼上实验室的各种爆炸声与楼下一边吃着冰激凌一边放着摇滚乐的摇滚社团相得益彰。

一如既往的精彩啊！

而我，却有点乏味了起来。

并不是说这所学校乏味。实际上，它精彩极了，只是，你想，在任何一个地方待上那么长的时间，甚至是普罗旺斯这样一个完美的地方，你都会觉得仿佛你鼻子里全是薰衣草和阳光的香味，何况是……

我看见希文正一本正经地走向我们学校最好看的女生，鬼都知道他在打什么主意。他一笑起来，整个脸都显得扭曲滑稽，不知道那个女孩是被他迷住还是逗乐了，笑得那么欢快。

等一下，我可不是在嫉妒他。毕竟，我有一个我喜欢的女孩，并且幸运的是——她也喜欢我，当然——不，

Chapter 1 关于我的过去

不是莫得。

她是蕾娅，她是那种第一眼感觉并不特别的女生，但她真的是我遇到过的最好的女生。不过也许像莫得说的吧，坠入爱河后什么都是盲目的、正确的、完美的，因为你的大脑已经没有新鲜空气流通了。嗯，这确实像莫得说的话。

莫得又在看那本拜伦的诗集。她总是这么喜欢诗，喜欢写一些奇怪但好像又很有道理的话。她的中文很棒，所以我每次都会在考完之后记下她所有的答案然后再回去把答案填上。我知道，你在思考我刚刚那句话是什么意思。再回去？——

首先，我可以负责地告诉你，不是去偷卷子，况且我们的老师管理卷子，严格到我怀疑她连入睡时都在抱着它们。

其次，我，是正大光明地重新回去。

既然都提到这个了，那我就告诉你，之前，在我身上到底发生了什么不可思议的事。

这得从很久之前开始说起。

我记得当我还是个刚学会踢球的小屁孩时，就隐约地意识到了我和其他人的不同。

那天是个打开我人生道路上新世界大门的日子。

"妈妈，我想吃百吉冰激凌。"看到其他的小孩在那个闷热的夏日里，舔着冰激凌在球场边走来走去，我使劲咽了咽口水，谎称回家换衣服。一路气喘吁吁地小跑回家，可怜巴巴地央求着妈妈给我买一支冰激凌。

大约五分钟后，她从电脑屏幕上回过神，才陡然看见浑身脏兮兮的我。"干什么？""冰激凌。我想要一支冰激凌。"她瞥了我一眼。"家里没有了。""什么？""家里没有了！"我被吓了一跳，赶紧灰溜溜地跑出去。突然，我瞥到茶几上那个水杯下边压着几块钱，准是他们谁随手放在那里的。我的心突然"蹦"了一下。但是很快，嘴巴里的那种干得快裂开一样的难受立即就将心里的罪恶感消灭。我动作麻利地拿走了那几张可怜巴巴的纸币，冲下楼，径直去了便利店。

走出便利店，我慢慢拨开冰激凌的外包装纸，看着冷气一层一层地腾起，我简直抑制不住脸上的笑。刚把脸凑上去，一只有力的手一下子拽住我的衣领。突然的，我的冰激凌就被人抢走了。

是杰夫。这个该死的混蛋！自他开始参与群体活动以来就一直以欺凌他人为乐。这回好了，目标对象是我。

我就傻站在那里，看着他三两下就把我打算一点一点舔化的美味冰激凌给吞进了他圆鼓鼓的肚子里，他的旁边，一群小跟班在看我的笑话。

不知道那支冰激凌给了我多大的勇气，我面对着比

Chapter ❶ 关于我的过去

我高一个多脑袋、重将近二十斤的杰夫，竟然没有一丝惧怕。我握紧了拳头，在他走近我，将吃剩的棍子轻蔑并带挑衅地甩在我鼻子上时，我一下子跳起来，挥起拳头直击他的右眼。

从他接下来我从未听到过的惨叫可以明白，我死定了。不，我并不担心他们要怎样报复我；我担心的是，我将负怎样的责任——因为他的眼睛开始流血了。

不知怎么的，我一下子慌了，大脑一片空白，然后接下来我做了一件愚蠢却自以为最正确的事——跑。

我疯狂地跑了起来，好像快没命的是我一样。明明我的腿已经快支撑不住我的身体了，大脑却让我继续逃向远处。然而一辆摩托车却猝不及防地从拐弯处冲了出来。

这时，神奇的事便发生了。

在那一瞬间，我开始忏悔刚刚的一时的冲动，当时的画面浮现在我的脑海，而我开始怨恨起自己，早知道就不去买那什么破冰激凌了，我开始埋怨起那个店员，怪他要卖给我，而这无厘头的抱怨的画面异常清晰起来。

当我闭上眼准备迎接我那小小生命的终结时，突然，一睁眼，我发现，那个戴着厚厚眼镜的店员坐在了我的面前，刚刚那个收款机后。

我大概是去另一个世界了吧。

但是并不是如此。因为——

"喂,到底买,还是不买?"那个店员开始不耐烦地催起我来。我看着我手里的冰激凌,内心开始害怕起来,但是一种奇妙的惊喜的感觉也随之而来。

想起刚才不知道是噩梦还是什么的画面,我赶紧放下冰激凌。回答一声:"不,不了。"然后飞快地跑出去。

然后我就看到了杰夫。他瞥了我一眼,然后朝旁边一个拿着冰激凌的可怜虫大摇大摆地走过去。

我一下子明白了。

那不是梦。

是我。

——是我,让时间,让我的时间倒流了。

如你所想的一样,任何一个人在发现自己有这样一个特异功能后,都会惊恐、怀疑人生……但是,下一步,便是迫不及待地试验一下。

接下来,我便疯狂地跑回家,把自己锁在自己的小房间里,大口地喘着气,死死地盯住天花板。

刚才,我很确定,是在买冰激凌的画面那个场景清晰地跳到我的脑袋里之后,我就回到了当时那个场景。

回忆……我闭上眼睛。想个什么好?……昨天,在家……前天……对了,前天皮思福先生让我回答一道算术题,那会儿我根本就没有听课,答出来了才奇怪,但

Chapter 1 关于我的过去

那些嘲笑声真太让人气愤了，特别是杰夫那个脑袋里都是肉的家伙也在那里大喊"傻瓜才不会做"，我真是恨不得……

那么，就回到那一刻吧。

我闭上眼睛，让那幅画面准确清晰地映在我的脑海，像放电影那样。

一瞬间，一道白光从我的眼前一晃而过，刹那间拥抱了我的整个世界。

感觉脑袋有点疼。我听到有人在说话。

"喂，穿黄色衬衫的那个小个子。——瑞安？你过来。"

皮思福先生？

我猜他接下来会说……

"喂。做出这道题。"然后他递给我一支粉笔。

我深呼吸了一口气。天哪！天哪！这一切，都发生了！

我听见周围那群傻瓜的嘲笑声了。

但很可惜，此刻的我来自未来，我知道了这道题的答案——即使我刚才一句话都没有听。

我双手颤抖，心跳得特别快，飞快地写完了答案。

突然，周围安静了下来。没有人在笑，他们全都像看一个外星来客一样地望着我。我瞥见皮思福先生瞪得快要突出来的眼睛,而且他的胡子都颤抖了起来。"是谁告诉你的答案,你个小混蛋!"我镇定地盯着他,"我自己。——你非得要这么瞧不起人?"——天哪,我又一次意识到他外表虚假的做作和善意的笑容是多么不配他那被掩藏着的污浊的心。

我轻蔑又得意地笑了一下,像个小流氓一样地甩着手走回了座位。

那一天,一切对我的惊叹与议论便迅速传开。我也懒得解释,因为,至少回家之后,我吃到了五支冰激凌,让我在半夜还直喊肚子疼。

从此,我像个发现了新星球的人,开始不节制地一次又一次地用着这项技能。大到逃课去地下酒吧,小到和喜欢的女生交谈时一句笨拙的玩笑,全部都统统再来一次。

罪恶,但却刺激的那种快感,一次次地包围着我。

一切都不能再完美了。只有一次,当希文偷偷学着抽烟,我帮忙把风时,就在商店侧门那边,我们专管纪律的皮思福太太从背后一把抓住我们,我使劲挣脱开,拔腿就跑,然而怪就怪希文这个傻瓜居然没能及时跑掉,被闻风而来帮忙的皮思福先生也逮了个正着。

该死的!我停下来,往后望了一眼,自然而然地闭上眼睛,开始准备让时间倒流。

想想,皮思福太太……烟雾……商店……围墙……

Chapter 1 关于我的过去

下课铃声……就从这里开始了。

于是，我预备着把时间倒回希文怂恿我陪他去抽烟之前的那个课间。

但这回，出现了一点小小的偏差。当我再次睁开眼时，我发现来到的是昨天踢球后的那个草坪。

我有点慌了起来，鼻尖开始冒冷汗。但又想，也许我刚刚是分神了。我犹豫着往家里走去，在一个巷口处——奇怪，从没有见过这巷口——一个老人引起了我的注意。

他穿着一件灰色大衣，在这样一个开始转热的天气里还戴着一顶咖啡色的毛线帽子。他的眼神本来是涣散的，看到我，一下子变得尖锐起来，钴蓝色的眼睛里，一阵阵让人感到发抖的寒意向我逼来。而且，他还诡秘地笑了一下，脸上沟壑一般的皱纹瞬间堆耸到一起。

我本想转身就走，可我听见他小声地说了句什么。

要命。我半转过脑袋快速地看了他一眼。

"时间不等人啊，孩子。"他又不自然地笑了一下。

"什么？"我没听太清楚，可又不敢靠他太近。

他竟没有再说话，瞪了瞪眼睛，便转身离开了。突然飘来了一阵烟雾，我本能地闭了下眼睛，再睁眼，周围什么人也没有了。

风吹得大了一些。我不自觉地把身体一缩，快步离开了那里。

也许是梦吧。但后来我告诉莫得这件事时,她没有笑我,而是很严肃地望着我。我问她怎么了,让我竟有点害怕起来。"没什么,但是……"然后她突然走近,"你脸上粘了张小纸片。"然后开始像恶作剧成功的小孩一样得意地笑了起来。我舒了口气,叹道:"无聊。"

只是这件事,我以为我忘了,也确实差不多忘记了,但再次被回忆起,竟是我未曾想过的,再次见到那个老人的时候。

上午

Had I not seen the sun	我本可以忍受黑暗
I could have borne the shade	如果我不曾见过太阳
But light a newer wilderness	然而阳光已使我的荒凉
My wilderness has made	成为更新的荒凉

莫得又在生物课上悄悄地递给我她抄录的一首小诗,下面还有她草草写的一句类似于"棒极了"之类的话。

我漫不经心地忘了她一眼,回了她一个勉强的微笑。

这是她的一大爱好,读书,疯狂地读——然而很遗憾,没有一本是教科书一类的——你会看见她几乎一整天的空闲时间都抱着一本书时不时地拿出来看几眼,要

Chapter 1 关于我的过去

么就是在写日记——她的另一大爱好。许多人都认为她以后肯定会去当一个老师。然而当她告诉他们,她想去当一个小说家,就是从事那种一边旅行还一边写小说的职业时,听的人简直怀疑他们面前坐着个假的莫得。

再说,小说家一类的职业,不都是读书时候异想天开说着玩的吗?难道真的会有人把它当作自己的职业?——同学们都非常疑惑道。

浑浑噩噩地又熬过了悲惨无聊的一上午——并再次遗憾我没有让时间快进的能力。当数学课上旁边的同学在拼命地算题的时候,我也在拼命地计算着还有多久下课,以及怎样才能精准地在蕾娅下课前冲到她们教室门口去。

一下课,我就挎上背包冲了出去,结果被希文横空拦了下来。

"嘿,今晚去酒吧怎样?新开的那家,今天那谁——管他那谁,他哥哥邀请我们所有人去的。去不去?"

"哦,我又不是你妈妈,难不成还要经过我同意吗?"我没好气地推开他。

"别这么无聊。当然是叫你一起去,你知道的,就在以往买鸡蛋布丁的那条街对面。"

我没出声。隔了一会儿,我才冷冷地回道:"我当然知道在哪儿。"我的声音努力压抑着不悦。

他轻轻愣了一下。我皱了下眉头。"那个……我今天心情不大好。说不上为什么，就是有种莫名其妙的烦躁，好像总有什么大事儿要发生一样。"

"那随便你，反正我要去。蕾娅，还有那谁，莫得，也会去。""莫得也会去？"我用奇怪的眼神望了他一下。"不信算了。反正我告诉你了，晚上七点，在三号街路灯下碰面，不来我自己去。"然后他用一种奇怪的眼神瞄了我一眼，转身走了。

其实吧，我是不大喜欢去酒吧的。而这就要追溯到很多年前，你知道，就是我之前告诉过你的，我发现自己有这项技能之前。

那个晚上，我和大人一起去野营的途中，趁大人没注意，在他们停下车去杂货店买一些东西时，我悄悄溜进了一家昏暗的小酒吧——纯粹好奇而已。

我走下了一个阴森、幽暗的楼梯，狭长的楼道上有几个刚掐灭还燃着星星火光的烟头，灰色的垃圾桶抑郁地看着瘫倒在它身边的几个奇怪的盒子。

其实我才只走进去几步远，里面混乱颓废的画面就把我吓坏了。一群文着一些夸张的图案和字母的男人坐在一个圆桌前，一边抽烟，一边像狼一样地大声吼叫着——此处无意贬低狼，旁边倒着几个衣冠不整的青年男女。有个男的还抱着个喝了一半酒的酒瓶，嘴里含糊地

Chapter 1 关于我的过去

念着一些不干净的话。烟雾一层层地飘了上来，一股恶心的气味直逼我的大脑。屋里闷热得让人窒息，可我却发起抖来。

这时，我感觉到有个人在拍我肩膀。

"尝过这个吗？"

我一转头，看见一个穿绿条纹衬衣的男人站在我的身后。他双眼布满血丝，黑眼圈重得仿佛几天几夜没有睡过觉似的。最叫人害怕的是，他的眼睛，一双幽绿色的眼睛，竟然有点泛着黄光，在他苍白得令人发慌的皮肤上显得格外晃眼，格外渗人。

"我打赌你没有尝过，小家伙。"他咧开嘴笑了起来，里面发黑的牙齿稀稀落落的，像黑洞一样的嘴很快就要将我吞噬。

我傻了。他看我没反应，突然一下子扑上来，硬要把烟往我嘴里塞。

我一扭头，一弯腰，就从他的臂弯里滑了出去。但他抓住了我的衬衣！我疯狂地挣脱了几下，然后穿着个短袖，拼命地逃了出来，还用一只手捂住我的喉咙口，不让自己的心从那里跳出来——毫不夸张。我似乎还听得见他幽灵一样的声音在我身后飘荡。

"尝一口吧。"飘荡的还有他那双眼睛。

我拼命地跑着。

"小心——"

我一回头，看见他们站在街对面等我，而紧接着我明白他们在喊什么了，可是晚了。

一辆卡车急速驶向我，我的头重重地撞上了什么，应该是车头，然后便轻飘飘地晕倒在了地上。

然后，我仿佛做了个梦，梦到一切都在旋转，就像……

Chapter 1 关于我的过去

就像时间的旋涡。

现在你也许会明白，我的这种技能，绝不是莫名其妙得来的了吧。

也许你认为，我应该谢谢那场意外，让我得到了这项技能。也许吧，可其中利弊，谁又一口就说得准呢。况且那么多年，那双眼睛，仍然伴随着我的每一个噩梦而来，从未停歇。

好了，接下来，我就应该考虑，我是应该跨过这道坎，和噩梦从此道别呢，还是回到家，躲在被窝里，看着一集又一集的《实习医生格蕾》来消磨时光和恐惧？

我半倚在储存柜旁，脑袋放空地望着远处。

"今晚的酒吧，去不去？"——我拿出手机。是蕾娅的留言。

我轻轻抬了下头。

"行啊。"

远处数百上千座楼房一个接一个地亮了起来，闪烁着，像那种一闪而过的火焰。然后，我看见了一座城，一座萤火虫一般的城市。我看了下时间，该出发了。我套上一件衬衣，飞快地出了门。

一进门，一阵嘈杂的音乐声差点把我的耳朵震聋，闷热压抑的空气让我直反胃，各种奇异的香水味和晃来晃去的灯光，还有台上那个像只巨大的猴子一样的DJ，倾倒的酒杯,所有的这一切,都明摆着把我往门口赶。

但很可惜,这不是时候。后面更多的人像潮水一般地涌进来,瞬间像把我拍在岸上一样,又把我推进了更里边的地方。

"你还是来了?"蕾娅笑着走来——然而此刻我却觉得异常反感。

"嗯。我们什么时候离开?"我用手使劲抓了下头发。她用一种匪夷所思的眼光望着我,她旁边的几个人笑了起来,这让我又莫名地恼火起来。

"呃……如果你真的想走,随便什么时候吧。"

然而,就是这样一句话,一句明明很体贴的话,却被我奇怪地误解了,于是,我突然对着她发起火来:"好啊,那你继续在这里,和你那一群傻瓜朋友一起玩吧,我真是一点都不愿意待在这里了!"我看到她先是有点诧异,然后瞬间也冒火了:"你今天是不是脑子有毛病!"然后,她又补充了一句,"还是你平时一直都这样?"

就是这样。就在那一刻,我突然用一种冰冷的眼神盯住她,"这么说,你是一直,都对我这样想?"我看到她的眼神明明软了下来,可接下来,我又说了一句——一句我将终身为之后悔的话:

"那既然这样,是不是意味着我们要分手来解决这一切?"

Chapter 1 关于我的过去

突然间,我感觉周围的一切都凝固了。她倒吸了一口气,"你说什么?!""我说,分手。"我故意凑近她,挑衅一般地望着她。

我以为她接下来会戏剧性地大喊大叫,然后我便会走上去拥抱她,像电视剧里一般。

然而我错了。她没有任何一个表情,只是平静地站在那里,一句话也没有说。

我的神志开始有点涣散了。"你到底……""我听见了。""什么?"然后,她以她那我的余生都不会忘记的,平静又有点令人惊悚的美好,像一潭暗流涌动的湖水一般,甚至还似乎有点面带微笑的表情,说了接下来让我彻底失控的话:"我听见了。分手?好啊,那就分手啊。再见。"停顿了一秒钟后,我抬起头,我的心一下子悬起来。然后她说,"有什么大不了的嘛。"然后,她竟然就那么转身走了,好像刚刚只是有一阵风经过她旁边似的。

风很大,可是全都绕过我的灵魂。——莫得那天告诉我的一句诗,这时恰如其分地映在我的脑海。

我的灵魂好像飘散到了远方一样,只拖着一具疲惫、空洞的躯体在行走。我看不见远方,看不见任何的光,看不见,整个世界,包括我自己。

世界上有两个我,和她在一起时,我是另外一个我,而现在,另一个我,已经死了。

我从未想过竟是这样的难受。

我冲出去，大口地呼吸着新鲜空气。

不，不，我反悔了，我要回去。

我一边使劲地尝试着闭上眼睛，回到那一刻之前，但让我害怕的是，我竟然根本无法集中我的思绪，所有的画面在我脑袋里都是支零破碎的，她的脸不停地闪动着。

我发现我竟然很想痛哭一场。可是我感到很疲惫，再也没有力气哭了。

希文——该死，为什么要在这个时候过来——拿着个酒瓶朝我嘻嘻哈哈地走来，旁边还跟着一个我不认识的女孩。

"胆小鬼，出来干吗，想回去写作业了吗？"他对我说出了这句话，便自以为是地狂笑起来。我知道他八成是喝醉了。我知道这句玩笑也并没什么大不了的，可我就是不知道怎么的——

"希文——！"我听到那个女孩声嘶力竭地尖叫着。我低头，看见自己紧握的拳头上沾着血。

我还看见希文把头埋在双手里。然后他突然跳起来，向我扑来。

后来，我记不太清了，我的太阳穴好像被什么击中了一样，好像还有一股莫名其妙的电流流过我的身体。

我感觉无数的人涌上来，拼命将我们拉开。

我的脑袋像是被灌上了铅一样，动也不敢动。我跌跌撞撞地爬了出去，勉强坚持着走过了街。

然后，我隐约看到了那个老人。那个许多年前，我在童年时代见过的那个老人。

并且，他一点都没变，还是那件奇怪的灰色大衣。唯一变的，就是他这回，没有露出那诡秘的微笑。他眼神里，是一片担忧与恐惧。

"时间到了。"

我根本没听清他在嘟囔些什么奇怪的东西，因为我又往前走了几步后，就沉沉地倒了下去。

"别叫醒我。"我的眼睛慢慢闭上，自言自语了几句。

然后，我就失去了意识。

苦糖

写给蕾娅：

我们在那间房间相遇的那一刻，世界像安静了一般。我突然想象起我和你一起跳起舞来，我凝视着你的双眼——也许是多年以后的事吧。那时的青涩与往后的成熟突然交织、清晰了起来。我和你笑了起来。就这样，相遇了啊。

然后。一切都变得荒唐起来了。

感觉就像，和你在一起，世界的重力突然消失，地心引力都集中在了你一个人身上，而这引力，只对我一人有效。

因为有了你，我暂时忘记了自己还要做的一切，似乎凝视着你就是全部的事了。你让我陷了进去，而我却愚蠢地以为自己可以逃离。

我们的友谊不会长久的。因为我好像有点喜欢你了。

我终于说了出来。当你望着我时，我紧张得一动不动——你知道，我当时看起来像个傻子一样。

也许很多人会对你说他们有多爱你。而我，每一天只很少的去爱你，直到最终的那一天。

对不起，我不是很擅长说这些话……感觉很别扭。但我会慢慢学会接受这些别扭的。

2010.6.13

chapter 2
Part 莫得
昨夜的灾难

2011.5.9

早晨

昨天。天哪。

昨天晚上,简直就是一个巨大的灾难。我从未见过瑞安做出那样的举动——和蕾娅分手?他不会真是傻了吧?

我记得我当时坐在酒吧门口的阶梯上,思考我究竟为什么会来这里,然后便看到他跌跌撞撞地从里面出来,一副失魂落魄的样子。他空洞的眼神吓了我一跳。

"瑞安。"我喊了他一声。他像个僵尸一样,继续往前挪着步子。"莫得。"我听见他小声地叫了一下我的名字。

我放下了手里的可乐，站起来走上前去："你怎么……"但他没有回头。

再然后，就看到他跟希文莫名其妙地打了起来。他的眼睛红肿着。

我不确定他有没有转过头来。我刚想走上去，一大群人从四面八方迅速涌过来，让我被挤到了很远的地方。人群挡住了我的视线，我已经看不见他了。那里挤得我差点无法呼吸。

他应该走了吧。困意突然袭来，我靠在墙边。

然后？然后就是第二天，也就是今天了。

你知道，当时在场的人，昨天晚上，全都过得不明不白的。

chapter 3
Part 瑞安
噩梦的开始

2011.5.9
早上

孤独。

这是我醒来后的第一感觉。

周围仿佛什么也没有了。我的大脑一片空白与茫然。昨天发生的事,我真是记不大清楚了。

一辆黑色的甲壳虫,一棵杏树,一座喷泉,一阵奇怪的爵士乐,一声干冷的大笑,一群穿着牛仔裤的大二学生,一个钥匙扣,一个破了半边的红酒杯,一道晃眼的白光,一个穿格子衬衣的人……

似乎回到了开始时的那一幕。

还有,还有希文扭曲的脸,还有蕾娅。她平静的眼神，冰冷的脸庞……

"我要回去。"我挣扎着要起来。

我闭上眼睛。回忆着昨天的画面，最后定格在了蕾娅看我的那一瞬间。"到那之前。拜托，就在我进酒吧之前。就那个上午好了。"

脑海里，画面又开始倒流。最后来到了那节无聊的生物课上。莫得转过头来小心翼翼地望着我笑。

走吧。回去吧。我默想着。

一秒。

两秒。

……

我开始发抖。

然而当我再次睁开眼睛时，却什么也没有发生。

什么都没有变。

对面那个酒吧，昨天那个被阴郁笼罩的酒吧，仍然孤独安静地站在那儿，在阳光下一闪一闪的。旁边走过来几个人，用好奇的眼神望了我几眼。

我开始颤抖起来。我甚至有点站不稳了。我感觉我嘴里的干燥的感觉已经遍布全身了。仿佛世界有个巨大的黑洞，在悄悄地、一点点地将我吞噬。

那一刻，我是彻底崩溃了。

救我。我默念着。救我，求求你，救我。——我在对谁说话？

我开始啜泣起来，紧接着放声大吼起来。

阳光打在我身上，显得我更加的渺小，更加的无助与绝望。旁边走过一个小孩，静静地望着我。然后她的妈妈匆忙地走过来，把她牵走了，走时还用一种疑惑的眼神望了我一眼。而在我看来，那是一种嘲讽。

这一定是梦。这一定，也必须是个梦。

我坐在街边。周围的人你来我往，熙熙攘攘。我就在他们中间，坐着，双眼凝视着远处。

你知道那种麻木与空洞是什么感觉吗？……就算现在一切的一切都失去了它们应有的意义，我也不在乎了，因为，一个人，只有当什么希望都被命运无情夺走后，才会毫不在意，才会无所谓。

我听见一阵歌声，欢快地从我身边跃过。明明四周都是光，我能看见的，却又只有黑暗。我慢慢地往回走。以前的路，好像都陌生了起来。风轻轻地吹过来，然而这使我更加的烦躁——更多的是不安。因为我意识到了，世界上没有比现在更糟糕的处境了。

我尝试着让风进入我的体内，因为我感觉里面闷热得快要燃烧起来一样。我小心翼翼地自己跟自己说起话来。

等会儿回去，他们就会知道昨晚发生的那些糟心事。

——放轻松，慢慢给他们找几个理由。

下午去学校，就你一个人，希文再也不会来嘻嘻哈哈地找你了。

——无所谓，反正……反正我也需要一个人静一静，那个话痨绝对会烦死我的。

蕾娅呢？你们从此就形同陌路？

我烦躁地踢飞了路边的一块无辜的石子。

——要镇定。装作昨晚是我身体有问题，连带着脑袋也出了问题，让她当作什么都没有发生一样，我们就能重归于好。

……做梦。……依她的性格，根本……我痛苦地叹了口气。

我要去找莫得，然后告诉她真相——尽管她也许会认为我是个疯子，我要去找她，管他的，我要告诉她一切，然后让她帮助我。她一定有办法的。

但在这之前，我还是得先回一趟家。

我摸出钥匙，轻轻地打开门，蹑手蹑脚地穿过走廊，企图悄无声息地溜进我的房间，拿上我的手机，然后扭头就跑。

然而，现实总是残酷的。

"你想要解释一下吗？关于你昨晚的一系列行为？"妈妈已经坐在客厅窗台边。爸爸坐在一旁闷着没说话。

"妈妈，陪我折一架纸飞机好——"妹妹一蹦一跳地

Chapter 3 噩梦的开始

跑过来，还未说完的话却被无情打断。"出去，安妮。现在我们有重要的事情要处理，好吗？"她笼罩着阴云的脸庞和阴森的语气，成功地将安妮吓了出去。

我站在那里，像个傻瓜一样，头脑再一次一片空白。时间像凝固了一样，没有人开口说话。

"我……"大约五分钟后，我实在是受不了冷汗滑落的那种感觉了，"我，呃，我想，……没什么好解释的。就是你们所知道的那样。"

他们没有谁抬头。

我更加不安，皱了下眉头。"我想，昨晚实在是太，怎么说呢，太……""你什么时候去的那家酒吧？"

"什么？""那家酒吧。昨晚你什么时候去的？"

"七点过。那时你们根本没有回家——""是啊，那是因为我们还在工作。"她的声音颤抖起来。"你以为，你以为每个人都像你一样轻松地毫不费力，却可以拥有一个安逸满意的生活吗？不，不是的，瑞安，看看我们，看看你的父母吧。我们每天是怎样生活的！而你，你……""行了。我想，没有必要再说下去了。"爸爸放下手里的咖啡杯，站了起来，"他已经快是个成年人了，我认为，他很清楚，将来对自己负责任的人，只有自己。我们，说真的，又管得着吗？"

那一瞬间，我根本不敢抬头。我知道，我抬头，看见的就是妈妈那张惨白的脸,还有爸爸失落着离开的背影。

而这场"对话"之后的沉默,那无边的沉默,更让人恐慌。

因为,在之前我所有的担忧中,又要加上一条——我的前途。

仔细想想,我有多久没有认真听过课了?以往,每次考试只用交白卷,然后下来背完答案之后再回去把答案完美地写上——就像我小时候那样。所以,你看,我还用得着每天像个"书呆子"一样地学习吗?我的时间,全都被消磨,拿去享乐、疯狂、恋爱。

天花板好像一步步地坍塌下来,压在我的身上。我像哑了一般,什么话也说不出。

我是个愤怒的年轻人。但我不恨这世界,我只是对自己有点埋怨和绝望。

热浪仿佛快把世界压变形了一样,一股接一股的热气一下下地撞击着我。感觉世界全都压在我的心口。窗外摇曳的耀眼的光都变模糊了。整个世界斑斓了起来。心里的疼痛已经使我麻木了,我也不清楚现在究竟在想什么,自己在什么地方。太疼了!我绝望地趴在桌上,双眼无神。莫得,救我。我像被闪电击中一般挣扎着起来。

Chapter ③ 噩梦的开始

我来到了莫得家的门口，有气无力地敲着门。

"上帝啊，请你让莫得出来吧，不然我的命很可能就——"门开了。

"你？有什么事啊？"莫得那张像阳光一样温柔的脸出现在了门后。天哪，我得救了。我悄悄地想。

"莫得，莫得，你，你一定要听我说完我接下来要说的话，尽管这听起来也许很疯狂，但你要相信我，我……""我相信你，我当然相信你。"她笑了起来。突然，我感觉我的生命又活了过来，"不然，我们去以前我们去过的那个草坪，然后你再告诉我你究竟想告诉我些什么怪想法吧。"她关上了门，接着说："而且我想，再奇怪，也不会比我上次告诉你的那个梦奇怪吧。"

我笑了出来。她上次那个梦，内容是，皮思福先生穿着长裙走向希文，向他求婚。上天啊，简直太诡异了！我是永远不会告诉他们中任何一个人的。

不过我觉得，我接下来要告诉她的这些事实，在她听来，说不准还要荒唐一些。

我注意到今天的天气很好。在我诉说的同时，我望着她。

阳光下，她的睫毛轻轻地盖在眼皮上，眼皮慢慢地睁开，让她那浅色的瞳孔在五颜六色的光线中迷离起来。她的眼神是那样坚定，望向远方消失的天际。

那么多年了,我从未意识到,当年那个住在我对门,每个洒满阳光的下午,便会坐在窗台上,一个人静静地盯着远方泛蓝的天空,看着树叶在风吹动下慢慢呼吸着,任由浅色窗帘在自己身后时起时落的那个奇怪的女孩,简直就像另一个我一样,甚至比我更像我自己,而我,只是选择不去重视这一切罢了。

"所以……我以前遇见的你,都不是真正的你?——哦,天哪,你,你是个假人?!"当我停止了回忆与解释后,她努力地平静下来又努力忍住笑地望着我。

"不,不是。我是指,我,一直都是我自己,但只是……多数时候都是来自未来某段时间的我。"我有点吃惊,却又暗暗高兴她没有吓得尖叫出来——不过她也不会那样。

"那现在,等于,你已经不能再回到过去了?"

"是。而这正是麻烦所在——我真的不知道,我该怎么办,我该怎样面对我的生活?我真的——""嘿,听着,瑞安,如果真的,现实就是这样了,那你唯一可以做的,就是骄傲地站起来,然后,尽管你内心已经是狂风暴雨,你仍然要在表面上看起来像是一片湖水。至少你不能是一副被打败了的样子。"

看着她一本正经的样子,我一下子笑了出来。

"然后呢?可是,这一切,终究发生,我又怎样去挽回呢?"

她停下来凝视我。"问你自己。"我难过地望着她,然后她又笑了,"别担心了,我会帮你渡过的,你知道。"

哦,亲爱的莫得,我当然知道,我从小就知道。我站起来,望着她笑了笑。

"可你要知道,我的建议也许并不那么好……毕竟我真的,呃,有时我的想法像一个小孩子。对于大多数人而言,变成熟可能只需要十几年,几年罢了,甚至只是一个瞬间;而我,必须用一生去诠释。况且,人生总要做出许多次傻事,犯下许多次错误才知道自己真的错了——尽管下一次也许仍然会义无反顾地错。"我望着她,轻轻地笑了一下。

"吃百吉冰激凌吗?"我望着她。
"吃,当然要吃。"她大声地说。
蝉鸣没来由地躁动了起来。
夏天快来了。

晚上

明天,我就要回学校了。并且我相信,没人会因为这些乱七八糟的事向我表示一点不幸——当然啦,他们根本不在意。回家后,我一头倒在床上,把自己陷进去。

今天开始下雨了。这雨不知道什么时候会停,就像没有人会知道哪一天,太阳会停止东升西落一样。没有人,即使是那些看起来无所不知的人也是。

为什么我突然困倦了起来。我是在逃避明天的到来吗?

也许吧……不。我不应该,也不能再逃避了。已经到了我应该独自面对的时刻了。

这一刻,我的心跳得从未如此大声过。

睡吧。也许睡一觉不能带走所有的烦恼。那么……睡久一点,也许就可以了吧。

2011.5.10
早上

我想过,第一天一定会非常难熬,但没想过会如此难熬。

我费劲地穿过人群,一个个陌生的人接踵而至,肩膀向我狠狠地撞来,似乎是要将他们全部的愤恨都发泄在我这个有罪的人身上。

我低着头,皱着眉头,让别人看得出来其实我并不高兴——可能根本没人在看。我斜挎着包,快步越过人群，希望周围全都只是有重量的空气罢了。

有个人从我面前快步挪开。而我，真希望他能够，他愿意使劲撞我一下，起码证明他还在乎。而那个人，希文，就只是那么轻描淡写地走过了而已，甚至瞬间收敛起他上一秒露出的笑容，用一种若无其事，却显得更加阴冷的表情面对我——甚至都不是望向我。

希文，我后悔了。我在心里大叫："原谅我。"

可是不管内心再怎么喊破喉咙，实际上，我一句话也没有说。我也只是静静地从一旁知趣地走开了。

他不会原谅你的了。你个混蛋。

我就猜到会这样。我用手使劲抹了一下脸，短促地吸了一口气。然而我还没缓过神来，蕾娅已经从我旁边飘过了。

"嘿，蕾娅，听我说……"我尝试着拉住她。

她迅速地挣开我，然后什么话也没说，脸上仍然是那副平静的表情，走开了。

我的呼吸突然变得艰难了。

求你了，说点什么。——结果当然是，一片沉默。

"看，生活永远不会像你预期的那样进行。"说生活是一场戏，也许是真的，只不过是从来不按预期的那样上演罢了——对不起，我忘了。如今已经没有预演了。

我难以置信地靠在墙边。旁边一个夹着块滑板的男生瞥了我一眼，问："要一根烟吗？"我接过来，等着他拿打火机，发现他惊恐地偏过头，"你没有打火机吗？"他瞪着我，"你有病吧，谁让你现在吸了，等会儿被逮住了，看你跑到哪里去。"他又不可思议地一边离开一边骂了一句。我突然清醒了，赶忙把烟扔在角落里。天哪，我到底在想什么。

"看你跑到哪里去。"这句话让我突然头疼了起来，还伴随着一种奇怪的失落感。

逃避不是解决问题的最好方式，但这是一个值得考虑的办法。所以我正认真地思考着怎么默不作声地消失。

谢天谢地，莫得出现了。

"你真的打算要傻站在那里一整天吗？"她向我翻了个白眼，走了。我加快步伐跟上她。

"不，我只是不知道该做什么。"

"昨晚熬夜了吗？"

"我那堕落地瘫在床上，不停地翻动着手机的样子可不能给你看见。"我耸了下肩。

"听起来你已经成功地完成了之前留下的所有作业？"

"恰好相反。一点也没有动，干净地摆在那里。"

"神经病，那你为什么不赶紧做——宁愿在那里漫无目的地看手机——最终只是收获了一大堆毫无营养的娱乐新闻之类的东西,有些甚至让你看完就忘的?"她转过头说。

"……我知道,我当然知道,可我就是没有办法停下来。所有的这些道理我都懂,但是我无法使自己的大脑和身体协调——这种感觉你从未有过吗?"

"把拖延症,或者说是懒惰,说得如此微妙……"她笑了。

"拖延症……不是那么轻易就能摆脱的。有时你都发誓,再也不碰手机了,但最终又败给了自己。这种无力掌控时间、无法控制自己的感觉,真的很糟。这是一种懦弱。"我无奈地说。

但是啊,当每一次想重来这一天时——至少我是如此,我便会嘲笑自己对自己说:"别傻了,即使你重来这一天,我打赌,你一定还会这么过的。"莫得戏谑地笑了笑。"其实周围很多人都是——比如我,每次在那里,拿着手机,刷完一次又一次的动态,看着 ins 上自己喜欢的明星又发了什么,周边好友又去哪儿了,有没有@自己,有没有新的粉丝点赞。或者坐在那里点开一条又一条的动态消息,然后又反过来感叹别人的生活,看着那些来自远方的人的另一种自己向往的生活方式,却又只是羡慕一下,什么也不去做。很多时候,就是我们自己选择的堕落。"

"那你知道还仍继续这样?"我问莫得。"是因为,放纵这种快乐,让你深深地沉溺其中,却在沉溺的过程中感受着既快乐又有种别扭的痛苦的感受。像是人格分裂般的两个自己在同时给你讲两个不同的故事。像是海洛因一样。"……放纵这个词,太适合我的过去了。我没有再说话,继续往前走。

我感觉有人用手肘撞了我一下。我回过神来。

"嘿。睡着了啊?"莫得用手指了指脑袋,做了个快睡着的表情,然后很夸张地往后仰了一下,旁边一个男同学赶紧自觉地让开了。她扑哧一声笑了起来,"上课去吧。"我无奈地拐进了教室。

我一只手托住脑袋,另一只手搭在桌上,半闭上了眼睛。

"诗人啊,都需要爱情与痛苦。"卢瑟先生用他悠长的语调给我们讲述着他的那一套大道理。

首先,他,一个标准的单身男子——甚至从未恋爱过的人,跟我们讲这些,和一个从未出过门的人教我们怎样去山洞探险或是怎样到深海去捉鱼一样空洞无聊,缺乏说服力。再有,——爱情与痛苦?他根本就不应该把它们二者分开。痛苦必然是伴随着爱情而来的。如果只有爱情没有痛苦,那不叫爱情,只能叫美好的相遇。

睡意一次又一次地向我袭来。我真的快要撑不住了。

Chapter 3 噩梦的开始

"女士们、先生们,今晚回家,我希望你们能尽你们所能,写一首诗,好吗?——我知道,也许很突然,可你们的能力,我相信……"太好了,他终于可以闭上嘴巴了。

"无聊。准是又喝酒去了。"我看到旁边那个人已经不屑一顾地在草稿纸上写好了几行字。我侧过去瞥了一眼。

我从未感到如此困倦
就在此刻
我好像坐上了一辆过山车
却浑然不知自己没有绑上安全带

看完后,我微笑了一下。很好,我大概可以想象得到,明天卢瑟看到这首诗后的表情——不过,也许要取决于他明天和酒有没有见面了,说不定他还要称赞一番这首"伟大杰作"包含了层层含义呢。

我不知道写什么,就在纸上涂涂画画起来,反正就是在纸上随意地写了几句。

冷天
骤然光临的寒风,悄然而至
此刻的你,是否又忘记多穿一些

在街角，在阳台，即使是人潮拥挤的市中心
我也没办法不想起
你对我笑的时候的每一张图景
而你却只是转身离开
留下一个模糊的背影，映在我湿润的眼眶里
此刻的我，忘记了多穿一些
寒冷的风在我的周围，庆祝着属于它们的季节将至
恍惚的我，渺小的我
感到一种彻骨的冷，寒气袭遍，包括记忆
记忆里的脸，开始变得只有你
冷漠、生气、大笑、难过、怀疑、失望以及那浅浅的微笑
充斥着我的脑海
落下的雨，仿佛谁在流泪
但一定不是我在哭泣
因为我的脸，悲伤到只有麻木与木讷
呆呆地望着窗外
享受着冷风
尽管这已是五月
如果能再有一次机会
让时间重来
也许我们之间，可以安然无恙

Chapter 3 噩梦的开始

可现在的我,只能傻傻地站在那里
祈祷着一切将风平浪静
我们,还有这可怕的天气
一并
雨过天晴

这是我写给蕾娅的,只是她永远也不会看到。

我只是有点想念以前的一切了。

熬过这节课,我又要发愁了。

因为下节课是数学课。你知道,我根本不可能听得懂老师讲的任何一个字——天哪,我已经多少天、多少年,没有听过一节完整的数学课了啊!

我感觉心一下子又开始浮动起来,差一点就溢出来的那种。

我发愁地看着莫得。"别看我。在数学这方面……我连瞎扯都不知道跟你说些什么好。"

我们说着话的同时,就看到了卡雅。莫得激动地走上前去,我以为她要跟卡雅拥抱一下,结果,莫得贴近卡雅愤怒地说了一些什么。卡雅突然挑了下眉毛,轻蔑地笑着说:"你怎么有资格说值不值得。你甚至都没有喜欢过谁吧?"莫得吸了口气,说:"无所谓。反正你从来都没有真心对待过哪个人——对每一个人!"这突如其来的对话让我听得目瞪口呆。我叹了口气,赶忙拉着莫得和我一起离开。关于卡雅——我感觉她就是一个莫名出现的人物,却一下子就成为世界的中心了。……但究竟怎样,其实,还是莫得自己比较清楚。

"莫得。"我迟疑了一下,没再说话。她头也没抬地说:"我知道。"我摇了摇头,叹口气说:"那就好。"其实,我也不知道她知道的究竟指的是什么。"走吧。上课吧。"我还是说。

写给蕾娅：

今天你坐在我旁边，告诉了我昨天发生的一些事。

我一次又一次地抬起头，对着你不出声地笑。

时间一分一秒地过去了。你的脸，停留在我的脑海里的样子，永远仍是那一刻的模样。

亲爱的，不要怕。一切都没什么好怕的，我在。生活很美好。

闭上眼，做个好梦。

2010.8.17

chapter 4
Part 莫得
我在这个学校

2011.5.10
上午

卡雅这个人，真是……我真的无法用语言来描述她。特别是此刻，我又一次朝她发火之后。

卡雅来自芬兰，高高瘦瘦的，浅咖啡色的头发搭在肩膀上，白色衬衫轻轻地挂在她身上，随着她淡淡的声音向我晃来，我感觉她周围的空气都是干干净净的。

她是第一个欣赏我的诗的人。——我知道，她对很多事都是逢场作戏，可她当时走过来的笑容，她读我的诗的一瞬间的眼神，让我明白，至少在那一刻，她没有欺骗我。

我一下子就愿意把所有东西都与她分享。她也会认真地听——我特别喜欢她认真地听我讲话的时候脸上呈现的笑容。一个很棒的故事，缺少了能听懂故事的人，这个故事就只不过是几句零散的语句而已，时间一久，便飘散了。

所以，当我有了一个愿意听我的故事，分享我的过去和未来的好朋友，我真的一下子对生活特别感激起来。之后，我在入睡前什么也不会想，不会想怎样对她说"晚安"，不会期待她是否会让我早点去睡。我用不着那样，因为当我一入睡，我的梦里，她便会坐在海边的沙滩上，笑着问我："今天我们去哪里呢？"我期待着在梦里她对我讲述她的一切。

令我一辈子都忘不了的场景就是当时我跟她一起从学校逃到她的家里。然后她拿出一包烟，开始摸索着拿出打火机。我坐下来看着她。

卡雅往后轻轻地靠着。

她瞥了我一眼，然后轻轻地笑着说"你真的没有吸过烟？""我对天发誓，没有。"她笑了，然后优雅地点燃一根烟。幽暗的房间里，打火机一下子亮起来的光映衬着她的半边脸，另一半脸的阴影似乎映照到了昏暗的窗外。打火机的光灭了，烟头上的红色像海上的灯塔一样很迅速地闪了一下。

她深深地吸了一口烟，然后凑到我面前来，把烟雾缓缓地吐到我颤抖着的鼻尖上。那不过五厘米的距离，让我以为我在梦游。我像个傻子一样，只听到她笑着说："你看，没什么的吧?"这时，我才一下子反应过来，同时剧烈地咳嗽起来。她笑得更厉害了，整个人仿佛都在颤抖。她轻轻抖了一下烟头，灰落下，像落雪一样地飘落。周围有一股淡淡的烟若隐若现地萦绕着，让我在那一瞬间开始对世界上的一切产生了怀疑。突然，她的电话响了起来，像是一颗陨石撞击到地球一样激烈，然后她立即起身，笑着告诉我，我们得走了。

　　我仍然一动不动地坐在那里望着像被风触碰后带上的门。仿佛过了一个世纪那么久。我的血液好像凝固了，大脑似乎也停止了思考。我起初不敢相信那是真的，可就在我确认了无数遍之后，我放弃了挣扎，绝望地等待死亡——我简直快要窒息了。我不敢相信这样一个完美的人会真切地存在于我的眼前。

　　晚上回去后，我打开窗，看见对面的房屋被染上了一层血红色。像一片血红的荒原，看似黯淡，却又涌动着些许炽热的情感。也许是那些飘荡的雾气，才让我看不清本如此近的她。卡雅——我从未遇到过这样神奇的人。我想要了解她。也许她不需要我——毕竟她身边已经有那么多好朋友成天围绕着她转了。

　　而卡雅，你说我的眼睛很亮，那是因为当时我看见

Chapter 4 我在这个学校

你向我走来。

也许是我在梦里，为自己编织了一个很完美的世界。梦醒了之后，我竟分不清哪些是现实，哪些是梦境了。

所以，人是走到了一种怎样的地步，才会连愤怒的力气都没有了——然后就是刚刚那个场面，我对着卡雅生气。她又和一个糟糕的男生在一起了，并且他还故意传出些很令人恶心的事情——我知道那肯定不是真的，我感到很生气，我很为她不值。可她竟毫不在意，所以我才会对她如此烦躁。最能检验一个人对你的感情的时候，并不是在他与你遥不可及时，他愿意花多大努力去为了你和其他人拼得头破血流，而是在你被世界抛弃时他还有多少深情去为你继续着迷和等待。我跟你讲，卡雅，他真的不值得。

我没有骗她，她却根本不愿意听，一点都不愿意。

"莫得？"突然，我听到有人叫我，我回过神，抬起头。我看到我们的文学课老师用一种奇怪的表情凝视着我，"你有什么特别喜欢的人或事物吗？——最好运用到我们学的这篇文章里的描写方法。"我不情愿地站起来——我根本不知道他在说什么方法。但我还是打算胡扯一下。

"我最喜欢 Isabelle · Adjani 了，尤其是她的那双蓝眼睛。"我想了一下，"每次当我的目光与她相遇时——即使是隔着屏幕，那一瞬间，我感觉我像是触碰到了夕阳落下的那一瞬间的潮汐,越是用力地尝试着去抓住不放,越是转瞬即逝,明知一切都是徒劳,仍痴迷地望着那一抹清澈到心底的蓝,看着那层层的涟漪,荡漾起我整个人为之迷醉的浮光掠影。"

然后我就仿佛看到我自己那满脸幸福的笑脸——从其他人的反应中,还有老师的反应中——"我觉得,你说得挺好的。但是,我们在学一篇科学论述文。"我低头,似乎描写方法是用数据说明——我发觉自己翻错页了。

老师无可奈何地瘪了下嘴巴,继续讲下一篇文章。又多了一个傻瓜——估计他这样想。

在我的思绪又飘忽许久之后,他点了坐在第一排的诺曼。

"我希望我是一个死神,一个真正的死神。我任由灵魂在手里穿梭。我看着死亡带来的灰色逼进我的眼里。我感叹离别的悲伤带来的寒冷侵蚀着一个个本炽热的生命。我是冰冷的,与这个世界格格不入。感情不能牵制我——死神是没有感情的,喜悦、悲伤、痛苦、愤怒、懊恼、好奇、烦闷、绝望、迷茫……一切都不属于我。我只有一颗麻木的心,冷酷地面对这个世界。

但我还是会好奇一件事:我会不会在看到她时,内心还是会有一点点变化?我是说,比如,轻轻微笑一下什么的。"他一本正经地说完后，突然笑出了声。

然后全班安静了两秒钟，有的人就开始笑了起来。这个满脸青涩的稚气未脱的男生以前几乎就是那种典型的实验室男生，现在我却看到了他的另一面。"那个'她'是谁啊？"有人吹了下口哨。我们都笑了起来，开始起哄。他不好意思地笑了笑。但突然间，我看到他转过来轻轻瞥了我一眼。我确定，我看到了。然后我就一下子愣住了。

也许我和诺曼之间已经有了一些变化。

我坐在幽暗的教室里，看着干净的空气飘进飘出。我嚼着一块橙子味的果汁软糖。香甜的味道黏在我的舌尖，像是缠绕在我的身上，那股香甜将我幸福地包裹了。我放空地看着前方某处，眼神未曾聚焦。我什么也不愿去想。周围似乎只剩下了空气。

放学后，我默默地走出去。

"现在一起去吃午饭吧。"瑞安走过来。我们找了个位置坐下。我向四周望了一眼，然后疑神疑鬼地小声对瑞安说："你知道诺曼吧？"他吸了一口果汁，点点头。"那你觉不觉得……就是，你有没有感觉到他有一点……""瑞安，到时候心理课的论文就靠你了。"尤里安笑着坐到了我的旁边，瑞安的斜对面。我咽下刚刚说的那半句话。

"好啊,如果你信得过我的话。"瑞安笑了起来,然后转过头问我,"你刚刚说诺曼怎么了?他有点怎么?"尤里安一边嚼着一块鸡肉,一边望着我。我翻了个白眼,"他有点可爱,行了吧。"尤里安用手肘碰了我一下,"谁啊?谁很可爱?"我挑了下眉毛,说:"诺曼。""他人怎么样啊?"我和瑞安沉默了,他看着我们没说话,笑着耸了下肩,"嘿,这是什么眼神,我只是习惯性地问一下而已。"

"艾德,你想和我们一起吃吗?"瑞安向艾德招了招手。我转过头去看。他迟疑了一下,走了过来,坐在瑞安的旁边。"你好啊。"尤里安很热情地朝他笑了一下。他轻轻点了下头,然后在切盘子里的肉的时候,轻轻抬起头看了看尤里安,和尤里安的目光撞在了一起,然后不自然地埋下头。

我刚想笑,突然被拍了一下肩膀。"莫得!"我惊讶地看见了卡雅,"天哪,卡雅,现在不是时候!"我大声地说。"我没有真正和他在一起,好吗?你的好朋友还没有那么随意吧?……""卡雅……""你应该相信我……""卡雅,我只是想问,你有餐巾纸吗?"然后她愣住了,看着我嘴边黏着的一圈果酱,笑了起来,递给我一张餐巾纸。"卡雅,我相信你。"她无论说什么我都相信。她把头低了一下,说:"太好了!"然后,她站起身,揉了一下我的头发，说"下午见吧。"

"好朋友？——鬼才信。"尤里安慢条斯理地说。"闭嘴，尤里安。"我瞪了他一眼。瑞安莫名其妙地笑了起来。天哪，一群神经病。

chapter 5
Part 瑞安
压力重重

2011.5.10
下午

我开始怀疑起我是不是爱上我们的数学老师了。因为别人都说，人往往会在自己喜欢的人面前变得很没有智商。

"呃……他到底在讲什么？"我低声询问我旁边的……天哪，我甚至都不记得我旁边的人是谁。

他瞥了我一眼。"不知道。"很明显，他也对数学这些，一窍不通，因为他接下来说，"可能是在讲万有引力？"天哪！虽然我也不大懂万有引力，可我还是清楚，这绝对不属于数学的范畴。

然后，我飞快地算起了距下课还有多少秒钟。教室里一下子闷得让人反胃。我的头又毫无征兆地晕了起来。

李先生扶了一下眼镜。突然，我感觉他正看着我。

糟了。我心里凉了一大截。

"瑞安，你想谈谈你对这道题的解法吗？"他期待地望着我。

我使劲闭了下眼睛。"不，不想。"

然后我看到周围一双双眼睛向我看过来，目光里满是诧异，又有些嘲讽与幸灾乐祸。同学们小声地议论着。"我……我还没有做好。"我有点手足无措地解释着。

"安静。"他平静地说，"我想瑞安先生恐怕身体有些不舒服。愿意下课我带你去看看吗？"

很好，人生中第一次因为奖学金之外的原因去办公室，还是面对一个我甚至连全名都记不住的老师。

"啊……请坐，瑞安先生。愿意谈谈吗？别说不愿意。"我盯着自己的鞋，嘟囔道："我没有不愿意。我只是不想。"

他皱了下眉头，说："我听不出这二者有什么区别。不过，你今天与往常的区别我可是看出来了。瑞安，那道题……"

"我觉得很难……"

"……你说什么？先生，听着，我告诉你，世界上可以说再也没有比那更简单的题了！你是不是——"他的声音突然扬了起来,我迅速地瞄了一眼他。他可能想说我有病吧。我想了想,然后努力挤出一副愧疚的表情。

"——李先生。我出了场车祸。"

凭良心说,这句话是假的,因为近来我根本就没有发生任何的这类意外。但是如果硬要算上的话,小时候的那场,确实也算吧。况且,现在这样的生活,简直比车祸还严重。

这样想来,说谎的负罪感似乎减轻了许多。人类的智慧啊,有三分之一可能都用在了编造谎言上。

他太惊讶了,不安地说:"天哪,瑞安……我……抱歉,我,我之前不知道……"

"没关系。我也没有告诉其他人。"我的内心竟开始偷笑起来。

"你看过医生了吧?他怎么说?"

"嗯……没什么事吧,只是头部可能……"

"我知道了,抱歉。实在抱歉。瑞安,你以后,有什么事一定要告诉我,我不会再像今天这样为难你了。你好好休息吧。这肯定需要时间恢复。"他还一脸愧疚地看着我。

"那么,再见,李先生。"

然后我轻轻地带上了门。走过了走廊后,突然发狂一样地大笑起来。

可怜的李先生。

我刚刚出来,就看见莫得"砰"地推开对面教室的门。

"对了,你现在没什么事吧?——我知道你没有。所以,陪我去领一些东西。""如果我说我有呢?""对,你是有,就是陪我一起去。"

于是我便陪她去帮忙领一下她们家这个月的食物,它们被送去打理了。在屠宰场里——这几乎是我第一次来这里。以前需要打理什么时一直都是爸爸拿去。

屠宰场真是一个可怕的地方。我发誓我不会再来了。

还没进去,就有一股恶臭扑面而来,混杂着血的浓浓的腥味。地上一片污浊。污物、浑水、血迹,到处都是。里面的摊位一个紧挨着一个。屠夫夸张地挥动着手里的刀,将一个又一个鲜活的生命扔进死亡的深渊。

每个摊位后面有一间小屋,里面放着待宰的家禽。我隐约看到它们每一双眼里都充满了无限的恐惧。旁边堆着的尸体、羽毛已经让它们知晓了自己的命运。

一笼接一笼的兔子被运了过来。狭小的笼子里竟装了那么多只,有的仿佛都快挤得变形了。它们不安又恐慌地躁动着。当我凝视着它们时,有一只发现了我的存在,用它那红得让人心碎的眼睛可怜地望着我。我却无能为力。那种浑身一颤的震惊的感觉似乎就要被它们接下来的遭遇给引诱出来了。我突然想起了二战时期的集中营。

一条血汇集而成的河从我脚边流过，混着许多污水，流向那个光明世界中最阴暗的角落。屠刀的挥动，早已将它们的肉体混着灵魂一起消灭了。而在那本应该由光明照耀的地方，我只看到了无情的黑暗。

"不是所有黑暗的地方都需要光明。"的确，因为有的黑暗，是光明永远无法驱散的。

出来后，我大口地喘着气，扶着电线杆直作呕。"莫得，你知道今天我要比你多上一节哲学课吧？""现在还有……三十分钟够你消遣。""刚刚进屠宰场看了以后，我估计我不用去了。"她用一副难以置信的表情望着我，"第一，我不知道你到底看见了些什么；第二，只是提醒一下，这是你真正意义上的第一节哲学课。如果你仍愿意不去的话。"我长长地舒了口气，准备往回走。

其实我从未觉得哲学课会这么奇妙。以前用来睡觉的时间，现在被我用来听着老师的课——这个看起来明明已经三十多岁还穿着件夏威夷碎花衬衫的瘦削的男人，语言还挺浪漫——这个班的学生们也是。

"世界观是人们对整个世界总的看法和根本观点。——不就是我对她的所有了解嘛。"每次讲到一个什么知识，他就故意停一下，饶有兴趣地瞟我们一眼，等待我们发表观点。这时候,总会有人站起来根据他讲到的这些"胡说八道"起来。

"物质是绝对运动和相对静止的统一。也就是说,我的生命,从一生下来,就是奔赴着去爱她,去靠近她;但当我与她只有一步之遥时,我又仿佛被时间,给静止凝固成了一座雕塑,怎么也开不了口。"有个男生站起来说。我突然很想笑,总觉得他说出来怪怪的。

"实践是检验真理的唯一标准。……所以,我只有陪她度过一个个漫长岁月后,我才能看清我有多爱她。那么,我想问她,给我一个检验的机会吧,好吗?"然后这个男生望向旁边一个女生。我们都吹起口哨来。"好啦,这不是相亲节目,好吗?"老师无奈地耸了耸肩。

"真理多跨一步,就可能成为谬误。我喜欢你,这是真理;我喜欢你还傻乎乎地告诉你,这可就是一件荒唐的、等着被笑话的事了,彻底的谬误。"有个女生低着头漫不经心地说道。我们都知道她说的是谁——爱上自己的老师本来就是个错误啊?

然后老师又迫不及待地往下翻了一页。

"量变到质变,其实挺简单的。你每天从她楼下经过,犹犹豫豫,躲躲闪闪,偷偷地看她一两眼。有一天她竟直接走过来,对你说,你还要藏多久呢。

然后,你们就一起走完了剩下的路。以后的每一天都是如此。然后呢，量变一下子就飞跃成质变了。然而现实生活中，我们往往遇不到那个能向我们走过来的心上人。就算遇到，那个人往往都装作不知道或真的不知道。你也不肯说。然后，这个故事，就没有了结局。——这一条我说的可不是我。"他讲完，我们就开始嘻嘻哈哈地笑了起来。

然后他就开始继续自顾自地讲了起来，沉醉在他虚构的爱情世界里了。他，这个单身几十年的男人，之前一直追求之前教我们西班牙语的老师，未果，直到人家结婚了，回国了，他还在想念她。

我觉得很不可理喻。

可他说的有些话还是挺实在的，但他为什么不亲自说给她听呢？

"我也想来上哲学课。"莫得认识我们的这个老师。"可惜我的哲学分已经积满了。"她还无奈地摇了摇头。同样没怎么学哲学，她却早早地积满了哲学分，看来我们只有数学水平可以相当，我真是开始怀疑起自己的智商来。

Chapter 5 压力重重

2011.5.10
晚上

我回到家后,坐在窗前,又听到了那阵声音。

那是一种特别奇怪的声音。

听起来是类似于"布谷、布谷"这样的音,但是又格外的悠长或是冷清,让我一下子不能呼吸。在我很小的时候,记得是在一个风雨交加的夜晚,因为闪电,电视机屏幕还一闪一闪的,我看完了《贫民窟的百万富翁》,里面让我印象很深的,除了主人公最后意想不到的胜利,竟然就是那个让我当时,甚至一直延续了好几个月,都一直害怕着的,那个人贩子为了骗小孩去讨钱,竟把他们弄瞎的镜头——看得我的心都凝固了,毕竟第一次接触那么可怕的,所谓的大千世界。还有就是那个一晃而过,却令我毛骨悚然的蓝皮肤男孩——虽然之后,阿凡达成功地将蓝皮肤的人变成了一个很棒的形象,但仍不能抹去那个男孩在我心中留下的阴影。而就是在看了那部电影的晚上,我开始听到那阵奇怪的鸟叫。我通宵未眠,惊恐地盯着天花板,偶尔胆怯、迅速地瞟一眼窗外,漆黑的一片,仿佛下一秒,就会出现一个怪物将我抓出去。

此后的每一年,不同场合,我都会听到那阵奇怪的鸟叫。十年了啊,遥远又清晰,让人觉得有种时间错乱的感觉。所有的往昔、恐惧和无知都再度涌现。那时觉得遥远的未来，一下子就来了。

而那阵叫声却从未散去过。

我就这样，在窗台边不安地度过了生命中的一部分时光。"今晚又什么事都没做。"我厌恶起自己来。但一想到明天要和莫得一起去城郊的一家冰激凌店，我就暂时不想去管这乱七八糟的东西了。我总是这么喜欢得过且过。不知道是一件好事还是坏事。

2011.5.11
早上

"所以……你就这样子在李先生面前蒙混过关了？"她轻轻笑了几声。冰激凌的香味四处飘荡着。

"我并没有完全说谎，况且，你在那种情况下会怎样开脱，嗯？"我好不容易赶完了那堆根本不知道在说什么的作业。不过你也知道是通过什么方式。

"哈，你问倒我了，不过我可以告诉你——根本没有那种可能。你不是不知道我的数学一直都……"

"那你，比如，有一天在文学课上写了一篇上面只有几个大字，诸如'我是傻瓜'这样的文章，你的老师问到你，你会怎么说？"

Chapter 5 压力重重

"我会告诉她,你总算知道我和对面班的瑞安同学一样了。"

我瞟了她一眼。"哎,总之,就是这样。我也没办法。"我使劲舀了一大勺冰激凌。"早知道这样,当初还不如不用那项技能了。"

"亲爱的瑞安,世界上总有那么多'早知道',但如果每个人都能预见未来,活着就会成为作为人最没意思的一件事了。"她抬起头,问:"你不想没意思地活,对吧?"

"没有人想啊。"

"所以你也没必要慌乱。因为就像是清理一团从包里拽出来的缠绕在一起的耳机线一般,你越是心烦气乱、焦急得迫不及待,越是无法很快地解开。""哦,是吗?……那你做数学题的时候怎么没有想到……""我真的不想再和你交谈了。瑞安,我说真的。"她翻了个白眼。但过了几秒钟之后,"你还是没有和蕾娅说话?""没有。她根本不想看见我!""你给她打一个电话吧。……万一有可能,她还是会接的。""我试一下吧。"我叹了口气。店里的空调飘散出的空调特有的香味让我的思绪开始游离。

夏风吹来,我站在窗边,看着如麦浪一般摇曳的树林。过去的一幕幕浮现在脑海。忽然,我认为我应该去给蕾娅打电话。我决定在晚上给她打个电话。

我侧身靠在墙上。一定要接啊。我祈祷着。

电话那头的接通音传来。我的呼吸一下子凝滞了。但她没有说话。她知道这边是谁。太好了,证明她还留着我的电话号码。

我说点什么呢?道歉?她一定会毫不犹豫地挂断的。我应该……我应该……

"爱就像一首情歌。"这句话一下子击中我。

我突然想起什么。

love is hard I know. 我听到我的声音都颤抖起来——不成调的一首歌从我的牙齿里摇摇晃晃的滑落。

…Your lights are red, but I'm green to go. 她仍然没有说话。但我听到了她的一声重重的呼吸。也许歌词更能表达一些意思吧。

——这首歌是她告诉我的。所以我知道她明白歌词。

I want you, I'll color me blue, anything it takes to make you stay. Only seeing myself, when I'm looking up at you. 后来,我听到她突然哭了起来。奇怪,预想中该哭的人应该是我啊……

我像得到释放一样地望着天花板。她听起来很难过,可蕾娅,我只是不知道你究竟有多难过,就像你不知道我有多爱你。

所有的一切都变成了蓝色的。很幸运她什么也没说,一会儿,可能几秒钟,可能一个世纪后,她挂断了电话。我听着那头的沉默,坐在地上。她现在又会到哪里去呢?

我一下子闭上了眼睛。我多么想念我们曾经在一起的时光。

……天啊,我是什么时候那么自然而然地开始用"曾经"这个词的了?

你会原谅我吗?

我害怕,蕾娅,因此我根本不敢向你发问,因为我怕你嘴里的答案,将恰好是我最害怕听到的那几个字。我宁愿选择一辈子不去知道真相。

写给蕾娅：

我们今天因为什么吵了一架？

我不知道。

幸好你不会像其他人一样威胁着要永远离开。生活就是一份礼物。如果你被从里面取出来了，就像礼物外面的包装袋被拆开了一样，毫无惊喜可言了。

真是奇怪，有时你对一个人越不了解，你就会越喜欢那个人；而当你越来越喜欢那个人时，你会发现，你越来越不了解那个人了。

我不知道那么久过去了，我是越来越了解你了，还是你的秘密越来越多了。

2011.12.12

2011.5.12
上午

世界末日
我看见一个小行星朝地球飞来
火花四溅疾如闪电
霎时，电闪雷鸣，还下起了疯狂的大雨
而比这大雨更疯狂的是街上的行人
他们哭喊、尖叫、相拥而泣
用惊恐的目光迎接他们的生命倒计时
我的朋友，请不要和他们一样
应该像我一样将耳机里的摇滚乐开到最大
微笑着想：没什么值得怕的
我躺在天台上，欣赏着这辈子看过的最闪耀的礼花。

"怎么样？"莫得抬起头问我。

"我没看懂。"我犹豫着，说出了我的真实想法。"那就对了！你读过那么多诗人的诗，哪一首你真正看懂了的？"她笑起来。

我们跟着人群往外离开，去往下一个教室。

突然，我叹了口气。我看到蕾娅从人群里走了过来。我皱了下眉头。我觉得我有必要把这一切说清楚。我走上前去。

"嘿，听着，"她倒是在我拉住她后先开口了，"没有必要的。你接下来的解释,都是废话。""对不起。我……当时我真的是无意的。"我烦躁地叹了口气。"哦,你听过哪个人说分手是无意的?"她用一种打趣的眼神望了望我。"我当然——""不。你知道吗?所有分手的人,心里早已埋下了一颗种子,一颗将爱情抹灭的种子。说分手,不过是为那颗种子发芽找个合适的借口罢了。你所谓的无意,都是有意的。厌倦就是厌倦,不合适就是不合适,哪来那么多借口。"我又一次目瞪口呆地站在那里,看着她再一次涌入人群中,就像潮起潮落带走海边的一块石子一样,她又离开了。但我一句话也说不出来。

在我转身离开时,我就在想:是这样吗?也许她的话真的有道理呢?可我发誓,我是爱她的。我真的是对这份爱厌倦了吗?——不,不,我……

我不知道。

我突然想起,事情发生的前一段时间,每次一起出去吃饭时,我们什么话也不说,但也并不是电影里的那种情侣间的无声暧昧,而是一种莫名的想说话,却不知道用什么话题来开口的尴尬。她也不时地把头别过去,有时还会看几下手表。

我的身体抖了一下。

我的天。有时候,人真的不能想得太明白了。

Chapter 5 压力重重

下午

"我们现在的世界，人类正无休止地向大自然索取着。本以为无穷无尽的资源，其实很快，可能再过几十年，十几年，就耗尽了。到时候人们就会发现，自己是多么依赖自然，又多么对当时的肆意索取与破坏表示忏悔。然而当我们的机会一旦用完，大自然便不会再宽容我们，她只会穿着她破旧褴褛的衣服，双眼疲惫地站在一旁，用嘲讽与冷漠的表情斜视着我们，看着我们这群愚蠢的人类收拾自己这个烂摊子——然后，继续像过去一样毫不顾忌地挥霍自己所拥有的一切。"

这仿佛是在说我。

我们的科学老师说的很多话在我以前听来也许都是不科学的，但现在我竟然觉得他的每一句话都很对，而且都能和我挂上钩。

我又一次痛苦地想逃避现实，却发现我周围全是人，他们已经把我包围住了。

放学后，我打给希文。电话那头沉默了很久，终于接通。我舒了一口气。"喂。"仍然是很冷淡的语气，听声音绝对是他本人。

"希文，我……有些事情不是我能够解释清楚的。""那你想说什么？""对不起。你知道那是一个错误，但我们都会犯错。"他叹了口气，"我知道。但我想不通……""我也是。"然后他就沉默了。"你是我最好的朋友。虽然你像个傻子，但我觉得，你还是我的朋友。"我笑了，"你才像个傻子。"他轻轻地笑了一下。"这件事我们以后再谈吧。我……我还没想好。我……"我心里突然又感到难受了。"好。"我挂断了电话。

第二天我看到他，他犹豫了一下，还是没说话就走开了。但他眼神里不再全是冷漠了。

我舒了一口气。可还是紧张与不安着。有时不知道是害怕面对这个世界，还是恐惧与愧于自己的内心。

2011.5.13
上午

"瑞安，我不知道你是怎么了。但你的测试成绩表明，你一定是受到了很大的刺激。"我们的生物老师在讲台上突然大声说。

"你以前不是这个样子的。"他停了一下，仿佛在故意等着全班人都转过来看我。我突然产生了一股怒火，问道："那我是什么样的？"

"你难道不为你的未来着想一下吗？我不相信你没有想过。只不过你是个懦夫，你不敢面对这一切，你不敢面对你的这些事实——事实就是，你的成绩——"

"我知道。"我提着书包,粗鲁地推开桌子,走出了教室。

我看到了我的每一科成绩。可我能有什么办法呢?我已经欠了太多了。可我这样出去,在社会上就是一个什么都不是的社会垃圾。

我想不出一个更好的办法。

我回去后,看到妈妈坐在沙发上抱着妹妹读故事书,她看到我回来,失落地苦笑了一下,而妹妹根本没有抬起头看我。

我要崩溃了。

我真的很自私。每次父母总为我做各种事却从来不抱怨什么,而我呢,连为父母稍微改变或是努力一下、挣扎着从现实的泥潭里爬出来的勇气都没有。

我的大脑突然失去了理智。我跌跌撞撞地走了很远,走到那条路边,就是小时候我被车撞的那条路。

我已经疯了,可我没有选择。不管是不是只有百分之零点一的可能,我还是要试——我想用当时的场景再现来找回我的能力。

我像个幽灵一样,飘向有车驶过的路中间。

我等待着,我站在死亡与重生的交界口。

我的心跳帮我倒计时。

我闭上眼。

突然，我感觉有人拼命地把我拉向路边。"你疯了!"我睁开眼，看到莫得惊恐的样子。"莫得，我没有选择了，你知道吗?"我低声说，缓缓地蹲在了地上。

　　莫得叹了口气，说:"那你也不能把我一个人留在这里啊。"我一下子就心软了——我忘记了，如果我离开，也许其他人根本不会在意，可是莫得呢?留她一个人吗?

　　我站起来，轻轻抱住她，说:"对不起。"

　　我们沿着路边慢慢走回去。

　　"你知不知道你差一点就死了?""知道。但我也知道，有时一个人的死去，并不一定要是身体上的消散，也不一定是被别人忘记——因为其实你没必要为别人活着。死去，有可能会是，你活成了另一个人。"我早已活得不像自己了。

下午

　　"梦有个规律，便是如果你昨天梦到了一个你很久没去想、没有见到却认识的人，那你很有可能在不久之后，或一段时间之后的某一天，突然见到。一个地方也是如此，有时你甚至根本没有去过那样一个地方，梦里梦到过，很久之后，你会突然惊叹:天!这个地方我是否来过?——其实那个地方来自你的梦境。所以到底是我们做了梦，还是梦来选择了我们?"我报了心理学，是因为我很想搞清楚自己。

我经常做梦——至少曾经是。但这个问题我真的很难回答。

"梦是人心里潜在的欲望和未来所要发生的事的一种映射。所以,它是现实的一种升华,但它会比现实更有趣,因为你可以在梦里做你想做的一切不可能的事。有个国家甚至研发了一种科技,就是在你睡着后,那个机器会发出一种持续的光线,提醒梦中的你,你是在梦里,然后你便不用再继续在梦里活得与现实一样无能为力了。听起来很像在胡扯,可你看到那个价格又禁不住去思考它的可用性来。"

"我根本不需要那东西。如果那东西真的存在,我怀疑我可能正在使用吧——现在的这一切,好得像在梦里一样。"我旁边的尤里安笑着说。

尤里安是个很受喜欢的人,因为你似乎从他身上找不出什么缺点。用有个喜欢他的女孩的话来形容就是:"他半抬起头的一瞬间,我就像吸了迷幻药一样,看到世界在他的眼里被分成无数个碎片,每一片里我都能看到我自己不知所措的脸。"但,我的天,哪有这么夸张。

尤里安把背包挂在肩上,穿过人群。然后,我看见他在艾德面前停了一下,笑了笑,离开了。

我往外走,走到一条马路边时,头又开始眩晕起来。——当然,这不是我第一次感觉这样了。我踉跄地走到旁边一条长椅上,痛苦地闭上眼,靠在了椅子上。

我仿佛进入了另一个世界,但我现在一动也不能动。

Chapter 5 压力重重

蕾娅：

看到你，仿佛就在那一瞬间，我小心翼翼地通过一个幽暗的狭小过道，然后一转弯，看到尽头出现一扇窗，窗外有一抹绿，绿得耀眼。

有时会幻想和你一起牵着手走在寂静得只能听到隐约传来的钟声的异国教堂前，偶尔瞥一眼美好得像刚从清澈的河水中打捞起来的一片干干净净、完好无缺的树叶一样的你，看你长长的睫毛在阳光下扑腾，在我的心上荡漾起一朵花。终于明白理查德的《梦中的婚礼》为什么如此经久不衰了，那种想和自己心爱的人在一起却无法碰触的忧伤若隐若现得那么恰当。看着你坐在那儿，读着一本书，旁边咖啡店人影晃动。整个画面就像一幅绚烂的油画。

当你拥抱一个人时，你的内心会释放一种快乐因子。这种快乐因子有什么好处？让你能飘飘然一整天，幸福地想要唱起歌来还不够吗？

——所以我今天特别开心。

对抗忧愁的最好方式，就是让一个人住进你的心里，让那种看她一眼都能幸福得晕过去的甜蜜占据你的内心，就连想她的苦涩也是甜的，因为那是爱，能让整个世界温暖的爱。每当我感到忧愁时，我就会这样对自己说，然后我就会想起你。

苦糖

对不起，我今天写太多了。可我实在是太喜欢你了。

因为今天我和你走到电梯那里，一切都像电影里的故事情节一样。

"牵着我的手，我们一起走下电梯。等电梯快到头了，你就要告诉我你的答案。"我对你小声说。一秒，两秒……眼看电梯就要到头时，你突然开始倒着往上走。

"喂？""我还没想好。"

像是过了一个世纪，你停止了倒退。

"我想好了。如果我说我不爱你，那么这个电梯今天一走过，往后的日子，今天的场景再也不会重演。而如果我说爱你，那么往后的很多年，我们可以一遍遍地一同重放今天的一幕，而这一幕，恰好让我很开心。所以，我想说，我爱你。"

尽管多年之后，陪我再走电梯的，不知道会不会仍然是你。但我听到你的答案的那一刹那，想哭又想笑。有的人倾其一生才等来一个答案，而我很幸运。那句话，那个眼神，就像一部电影，在我脑海里一遍遍放映，那种怦然心动的幸福，永远地陪在了我身边。

一般来说，人生会经历几次爱情，而每一次，都像在和对方在大雨里拥吻一样。

和第一个人，你吻到的，只是她。

Chapter ❺ 压力重重

和第二个人，你吻到的，只是雨。

和第三个人，你以为你吻到了全世界，但只是以为。

和最后一个人，你吻到的，是自己。

我们呢？

2010.12.24

chapter 6
Part 尤里安
艾德

2011.5.16
黄昏

　　我抬起头，注意到趴在桌子上睡觉的他，还有他背后窗台外的一盆花。

　　我停了几秒钟。好像我已经认识他很多年一样，而实际上，我根本就不了解这个人。"艾德"这个名字，对我而言，其实很陌生。

　　过了一会儿，我看到他醒了。"喂，你是不是很喜欢睡觉啊？……感觉你总是在睡觉。"我笑了起来。"没有总是啊。我现在不就没有嘛。"他侧过头，望着我。我注意到他在笑。

　　我盯着他看了很久。世间的每个人都是孤独的，当

Chapter 6 艾德

我的孤独认出了你的孤独，它们互相问好——

可能所有的相遇就是从那一刻开始的吧。

"你有没有……我是说，有一种特别的感觉，就是当你觉得某件事肯定会发生时，它真的就发生了。"

他看到我望着他，停了一秒钟，回答说："没有。"然后迅速把头转了过去。

我摇摇头，望向窗外。我发现我竟感到很紧张。

2011.5.19
上午

今天我一来，就听到有几个之前和我一起打篮球的男生在那里大笑。突然，我看到艾德从后门将门推开，看到那几个男生之后又赶紧关上门。"喂，你干吗走啊？"有个人轻蔑地笑着说："不会因为你是变态，我就不让你上课了吧。"我愣住了。

昨天的画面在脑海里清晰了起来。

"我不是怪物。"我看到艾德愤怒地回过头，朝着他身后那些嘲笑他的愚蠢的男生吼道。他努力想举起拳头，可是突然停住，失了魂似的，然后转身跑开了。让他停下的不是别人，甚至都不是他自己，而是这个世界。

我静静地望着他。原来我们注定会相遇的。

他和我一样，爱的是男生。可是这又有什么错呢？当你喜欢吃土豆时，你不能强迫别人也必须爱吃啊。

在爱里，每个人都没有错。

"异类？"我吃惊中带着点愤怒，冲上去说，"那我问你，你以前听说过女子缠足这一陋习吗？"——在古代，女子总是以小脚为美，而且在社会大众的心里，女子只有缠足才符合他们的要求。因此，就在社会普遍的、愚蠢的认同下，那种畸形的仪式就一直保存了下来。所以我想说的是，现在我们看起来可笑的东西，在当时却是社会唯一的认同。因此，你觉得他——我们是异类，我不会多说什么了。现在的社会，还需要时间去接受这一切，这些所有的对现在的社会来说是新事物的东西——人们口中的异类。而当有一天，社会真正进步了，这一切歧视便不会再存在，那些奇怪的定义也不会再困扰着你们所谓的异类——仅仅因为他们喜欢的人恰好和自己一个性别而已。那时人们便会清楚地认识到，这不是反自然的，这只是单纯的因为爱。

每个人的爱都是平等的，不是吗？而现在，时间未到，你可以选择不支持，但是请你尊重他们。同性恋不应该受到排斥。应该被排斥的是那些愚昧的，却把"自然规律"当作说辞来"规劝"他们的人。并且，当你的朋友在你告诉他你是个同性恋时，如果你的这位朋友开

Chapter 6 艾德

始疏远你、厌恶你了,那请相信我,这样的朋友宁愿放弃,因为真正的友谊,不论你的身份、你的喜好,他不在乎这一切无关紧要的东西,他只在乎你,觉得和你在一起时是快乐的,觉得你们的这份友谊能安慰他。那样的友谊,才值得好好珍惜——那才是友谊的定义。然后,在我抱起我的所有东西离开之前,我最后说了一句:"由此看来,我没有必要继续和你们这些带有歧视眼光的人继续聊下去了。"

"为什么人们宁愿对那些只顾及利益或是肤浅的爱欣然接受,却对我们这样明明是出自于内心的单纯的爱感到万分厌恶呢?真的很难懂。"艾德突然转过头来对我说。

我竟然不知道说什么来安慰他,可目前的社会就是这个样子。"但一切会好的。"我犹豫着走上前,最后拍了拍他的肩膀,说道。他突然躲开,悄悄瞥了我一眼,离开了。我不知道发生了什么,就只是在那里像个傻瓜一样看着他离开。

chapter 7
Part 艾德
尤里安

2011.6.12
上午

我是艾德。我就是他们眼中的"异类"。

可是我不明白我错在哪儿。只不过是因为我喜欢的人恰好是个男生？

现在他已经知道了——我愚蠢地把他的名字写在书的背后，然后阴差阳错地被他看到了。我现在只好远远地躲着他。

我不是害怕看到他。我只是很害怕和他打招呼时的我，狼狈、滑稽，如此不堪。但奇怪的是，当你越不想见一个人时，你偏偏就会频繁地看见那个人。

Chapter 7 尤里安

2011.6.13
黄昏

瑞安还在昏迷中,所以他没办法参加我们的野营了。

我讨厌集体活动。我们要去一个很寂静的森林。我疲倦地跟在队伍后边。到了之后,我们被分到各个组,我们要自己去找食材。我们要举行篝火晚会。

"不然,你去帮我们找一点木柴吧。"同组的一个人说。我点点头。我也想不出来我还能帮上什么忙。

我越走越烦躁,蚊虫的叮咬让我开始东窜西窜。不一会儿,我就发现自己迷失了方向,而我什么也没带。我向四周望去,后边是森林,前边有一座老墙。反正都找不到回去的路了,不如再走远一点。我想。于是我朝那前面走去。

"为什么要走这么远,真的不怕走不回去了啊?"我的呼吸一下子停止了。我转过头,看见尤里安望着我笑。我看见他走过来。

那个夏日的夜晚,没有风,低矮的、陈旧的老墙静静地"站"在我旁边,而他站在我面前,我第一次和他站得那么近。月光渐渐将我们聚集,却又被我不安地拨开。他穿着件黑色短袖,上面的白色字母恰好是他名字的缩写。他的手在发抖,眼神却特别坚定。我们就站在那里,什么也不说。我突然笑了笑。

那晚的记忆只有这些，这些无数的记忆碎片，也许需要我用以后的十几年，甚至几十年来慢慢拼凑，才能将他早已模糊远去的青涩的脸清晰地展现在我眼前。

我记得，在小学的时候，我和家里人一起去野餐，当时他们就和我打趣问我有没有女朋友。我说没有。然后他们就问我有没有喜欢的女生，我心里感到很烦躁，于是就随便说了个女生的名字。哥哥问我为什么喜欢她，我说，因为她很漂亮，很温柔，很善良……其实她确实是这样的，可我真的对她没有一点感觉——也许我本应该的啊。也许那时我就意识到了什么吧。然后妈妈对我说，真正喜欢一个人时，真的每时每刻都在怦然心动。

妈妈，我想说，现在我遇到了那个让我怦然心动的人了。只是这个世界太压抑，它总想让我停止那样的心跳，可是那样，我就会死去啊。

错不在我喜欢他。错不在这份爱。错在只是因为我们与多数人不同而被人觉得格格不入，错在这个社会还年轻。

而关于我喜欢的那个人，我不知道他是否……

我惊讶地想起什么，猛地抬起头，望向他。

今天，我穿的白色衬衫，他穿的黑色短袖。

昨天，我穿的淡黄色外套，他穿的浅绿色体恤。

前天，我穿的灰色格子衬衫，他也是，只是上面多

Chapter 7 尤里安

了一排字母而已。

再前天……

好像每一天,我们的衣服都是惊人的相配。

他是有意还是无心?

他垂下了头,我也赶忙低下头。我知道,这一切很有可能是如我所想的一样。

chapter 8
Part 尤里安
惊喜

2011.6.12
上午

不敢相信艾德居然在躲我。他到底在怕什么。

怕别人的眼光？

其实艾德不知道，我仔细观察过他。

他的眼神，就像是漫不经心却突然出现的日出，你看到它们的一瞬间，天亮了。

Chapter 8 惊喜

2011.6.13
黄昏

我终于看见了他,在那堵老墙边。

当时我看见他一个人往远处走去。我悄悄跟上他,不紧不慢地走在他后边且保持一定的距离。然后我看见他羞涩地轻轻笑了起来。我向他走去。

在这个寂静的夏日,我和他一起站在一丛树林边,旁边有一栏低矮的老墙,蝉声让人感到眩晕。月光照在他的脸上,我知道今晚一定会有不寻常的事发生。然而,最终,他只是走近,迟疑着轻轻地拥抱了我一下,转身离开。那个夏季,似乎在那一刻就结束了,炎热的气息全都散去,只有那个穿着白色衬衫的少年散发着的清凉晴朗的气息在空气里慢慢地酝酿着。我感觉我似乎被一股清风包围,它推着我幸福而又失去头脑地朝远处某个地方飘去。

我感觉自己坐在森林里、水边,等他向我走来。周围都是寂静的,没有一点声音,连水轻轻荡漾的声音都是缓缓地。

艾德,我知道你会来,所以我一定会等。

很久以后,我似乎看到了你的身影。

一切都回到第一次见面的那天,也像来到了多年后的某一天。

"你……一个人真的可以走出去?"我突然回过神,笑着走近他。他停了一下,慢慢转过身,小声地说:"那我们一起吧。"我笑了起来。

我们并行着。那片森林,似乎一下子就到了尽头。

Part 瑞安

2011.7.10

早晨

我渐渐迷糊起来,就像是在游泳的时候,从水下望向水面时,那时的水面一下子穿透我的心,干净、透明,在光的照射下摇曳不定的水面的光斑,像是一层薄薄的轻纱像是笼罩了整个水面。我在一片朦胧中四处望着,突然醒过来,睁开眼。

外边一片寂静。

我站起身,往家里走去。

不知道为什么,我没有上个月的记忆。——后遗症?我揉了下眼睛。

至于我和蕾娅,我又仔细想了一下——

我想我可能真的是厌倦了吧。不是厌倦于她,很有可能是厌倦于那种在爱里的感觉。也许你听起来很不可思议:谁不渴望爱呢?的确,爱很美好,可有时,当你

Chapter 8 惊喜

深深地陷进去时,你一定会有那么一天,那么一刻,想要抽出身来,喘口气,看看爱之外的天空和海洋。

然后你便会发现,那时,你整个人,有一半都露出了水面。

那也可能是我当时为什么突然对蕾娅说出那句话的原因了吧,并不是无缘无故。没有无缘无故的冷漠与抛弃。

可当我想再陷进去时,却发现那股浪潮,已被其他海浪卷走了。

我茫然地站在那儿,脚下是一片坚硬的土地。

我站起身。

此刻,天将亮未亮,天边有着淡淡的黄晕。窗外的阳光慢慢洒进房间,有那么一瞬间格外耀眼,却又是温柔的。我仰起头,任凭阳光落在脸上。我甚至能看到自己柔软的睫毛在眼前扑腾。

这一个多月的痛苦煎熬,瞬间被稀释了许多。突然间,西欧小镇的景象在我的眼前闪动了起来。

"莫得。我们去巴黎吧。我只是想去巴黎喝一杯咖啡而已啊。"我给她留了言。我的心疯狂地跳了起来。天哪,这太疯狂了。我被这个想法吓了一跳。但更疯狂的是,她竟然答应了。其实我不知道莫得为什么会答应跟我一起走,但我觉得拥有她的陪伴是我永远的好运。

我留了一张纸条在我的桌上。

"对不起,我已经绝望了。我走了,不会很长时间的。不要担心我,也不要来找我。我不会走很远的,请过好你们的生活。"

然后我躺在床上紧闭着双眼。

我又起身,简单收拾了一下行李,把它们放到架子上。"一切还好吧?我听到有什么声响。"爸爸走进来。"嗯,还好,东西掉下来了而已。"我有点紧张地笑了笑。他看了看我,就离开了。

Chapter 9
Part 莫得逃离

2011.7.12
黄昏

瑞安把他的苦恼告诉我后，我也开始无奈了。

因为他的好朋友，我，莫得同学，也成功地挂科了。

我不知道说什么好。我觉得我的生命不应该浪费在这些东西上，可是我有选择吗？

现在，只有当夜深灯熄的时候，我才会如释重负——一个人了。自己所有的疯狂的可笑的心酸的想法，才敢肆无忌惮地在这寂静中喧嚣起来。

远处路灯下，妈妈缓缓走近。她的影子拖在地上，把她瘦小的身躯拉得好长。她双手交叉，裹紧了已经日渐宽松的大衣，一边疲惫地叹了口气，一边模模糊糊地向家这边走来。

"你想和我一起玩玩具吗?"佩吉摇摇晃晃地朝我跑过来,手里拿着个毛绒玩具恐龙。天哪,我最讨厌毛绒玩具了。"现在吗?我们……等一会儿玩吧。你能不能自己玩一下?"我有点厌恶地把那个玩具还给她。但我看到她失落但又乖巧安静地离开的样子,我就心软了,但我没有说话。我很累了。

我突然想起妹妹出生的那一天。

她的出生,使我缥缈透明的生命里又多了一份一寸不可或缺的重量。

佩吉?这个名字滑过我的嘴唇。

推开门,看到妈妈穿着医院统一发放的病号服,虚弱地躺在床上,床的旁边,是一张小小的床。床里的被子包裹着小小的她。

看到她的第一眼,我就觉得时间倒流了或是凝固了。

她和我刚出生的时候,是如此的相似。浅浅的眉毛,圆圆的鼻头,薄薄的嘴唇。我简直是看到了那个出生于冬季的我。而她出生在冰雪刚刚融化的暖暖的春季。

我将手搭在床沿,静静地凝视着她。她偶尔会大口地重重地吸一口气,偶尔将手一下子抬得高高的,偶尔将眉头轻轻地一蹙。一举一动,都让我惊叹生命的魔力。

莫名的,感觉自己的眼眶红了起来,竟快泛出泪来。

这时我才体会到,那种不论是哪位大文豪都无法写出的感觉是怎样的——那样奇妙,你无法说清到底是怎样的情愫缠绕着你,推使着你,使你的心产生一股热,热得几乎快要化开,化成一摊热雪。

她是上天给我的一份礼物。她洋溢着无限的生机;而一旁的妈妈,却有着一种解脱后的疲惫,憔悴地瘫软在床上,眼皮半耷拉着看着我,脸还有几分浮肿。第五袋营养液高高地挂在支架上,她的手无力地垂下。窗帘被风一点点吹开。

我不知道她几小时前经历了怎样的痛苦。不过,我知道她今晚,甚至明天,都会像伤口被重新揭开又被撕裂一般地疼,疼得撕心裂肺。她又要经历一次十多年前的那场痛。

可是我又能帮上什么忙呢?帮她分担痛苦?如果可以,我当然会毫不犹豫。然而我此刻唯一能做的,就是默默地祈祷她们平安无事。

回忆就是一个人一半的灵魂,剩下的一半此刻正漂泊在空气里。

一股忧伤袭击了我。我突然绝望了起来。可我才告诉过瑞安人生是美好的。我突然发现,我无法面对这些现实,我无法面对我美好的家庭,我无法面对那个学校,那些人。

雨好像又下了起来。先是很小声地，一滴，两滴，我忍不住轻轻抬起头。一瞬间，连成了片。我生命中原本是过往之人的那些人，全都交织在了一起，我甚至能清晰地看到我的生命和他们的生命交错着，在雨里颤抖着。突然间，雨下得更大了，大到我甚至都能在脑海里构想出我在雨里被淋得眼睛都睁不开的样子，有点儿冷，我用手在胳膊上摩擦了几下。世界的中心，好像除了这场暴雨，再没有别的声音了。空气里的潮湿将先前的闷热全都赶走了。我开始昏昏沉沉的，想听着雨声沉沉地睡去。

房间阴暗潮湿，我脑袋昏沉着躺在床上，眼睛看到的所有的东西都在褪色，世界只剩下灰色我难受地闭上眼睛。

雨下了好多天了。关于回忆这件事，我真是一点都不愿再谈及了。过去的自己，太让我压抑了。所有的东西渐渐变成蓝色，那种忧郁的暗蓝。

我辗转着，蜷缩着，让空气将我吞没。我的双手紧紧地抓住床单。

求你了。我小声地说。

世界好像被无限缩小了，连我自己也看不见了。

耳机里与窗外同时下雨的感觉像同一个人处在两个世界里一样奇妙。我迷失了自我。

Chapter 9 逃离

半夜,我睡不着,瑞安突然发来留言。"我们走吧。"他说。

"走哪里去?"我问。

"不知道。但如果你点头,我马上就买去法国的机票。我们去法国。"我甚至都感觉得到他有点紧张的神色。

我等待着他的下一条留言,像是在等一个从未见过的恋人。

过了一会儿,"喂?"他打来电话,压低声音,说:"你怎么不说话了?"

"因为我点了头啊。"我让自己什么都不去想,然后闭上了眼睛。

过了一会儿,我就陷入了短暂的梦境。

chapter 10
Part 瑞安
离开

2011.7.12
傍晚

我再也等不了了。

手机在这时候适时地亮了起来。

"我准备好了。"

我的心狂跳起来。是现在了。走，快走。

我蹑手蹑脚地从床上溜下来，用我最轻的力量把下午收拾好的一个简单的小行李箱从柜子里抽出来，关上柜子时，心里急了些，柜子发出了"砰"的声音。"见鬼。"但愿他们没有听到——正在卧室里沉睡的父母，以及早已进入了童话世界的安妮。

我深吸了一口气。悄悄地推开门，像做贼一样地踮

Chapter 10 离开

起脚尖走着。我没有穿鞋——那样声音太大。我警惕地朝其他几个房间望了一下。一片漆黑,就像外边的天色一样。

走过客厅时,险些滑倒,幸好我一个跳跃,整个人扑在了柔软的沙发上。好险,我心想。然后我像一个机器人一样缓缓地坐起,迅速地移步到侧门边。在一秒钟关于要不要走正门出去的愚蠢犹豫后,我艰难地咽了咽口水,心跳声大得让我误以为谁在敲门,把我自己吓了一跳。

再见了。

我想。

我紧闭了一下眼睛。再见吧——也许只是几天或者十几天罢了。

然后我缓缓地推开门,把腿慢慢地抬了出去。

门口一片树叶被风卷来,从我脚边飘过。"再见。"我轻轻地梦呓般对它,也是对自己说了一句。

莫得,希望你也说好再见了。

我轻轻地把门带上了,快步走向了十字大道。不过真奇怪,家就是一个神奇的地方,当你住在里面时,你总会抱怨这挑剔那的,可从你提着行李走出家门的那一瞬间开始,你就开始有点后悔了。但我还是得走,不然我会永远后悔。

手机轻轻振动。我双手微微颤抖着掏出手机，试了好几次才将按键滑动。"嘿！"我能感觉到她在笑。

　　"嘿。我准备好了。"我回应。

　　"那，就在车站见吧。""好。"我放下了手机。

　　我在快要破晓的街道中，提着我的手提箱快步走了起来。地上铺满了昨晚大风吹落一地的缤纷的树叶。

　　我抬起头，看了看天色。应该还不晚。我想。

　　我乘上了最早的一班公交车。司机打着哈欠漫不经心地望了我一眼。旁边不知哪里传来一阵轻快短促的口哨声。

　　我塞上耳机。

　　一切都被清晨出来散步的阳光调和得正好。

　　我正要去迎接我的生活。

　　我看见她了。我急急忙忙地冲过去，大脑已经开始不听使唤。她刚往前走了几步，我就热切地抱住了她。"莫得。我真不敢相信这一切。"

　　"我也是。"她轻轻地笑了，呼出的气在我脖子后面飘晕开来。

　　我们坐车去了码头，然后等待着登船。

　　海风渐渐大了起来。

　　"还有三四个小时，然后他们也许就会发现我们不在了。"我装作忧虑的样子，叹了口气。

Chapter 10 离开

"哈哈,可又有什么关系呢?亲爱的瑞安,我做了一件我这辈子都不会忘记的事,一件值得我珍藏一生的事,——起码在十几年、几十年后,我还有谈资,向我的孩子、孙子们讲述这些,而我提起时绝对不会悲伤——比如像你现在这样。我一定会笑得比现在还要开心。"

是啊,"多年以后",多么诱人的字眼。也许啊,最动人的几个字,不一定是"我也爱你",而是"多年以后"。这不仅是一种承诺,更是一种对自己、对对方的尊重,对这份爱的最大尊重。

我当然爱莫得,毋庸置疑。不过,只是不是那种掺杂爱情的爱。但如果要选一个人共度余生,我很高兴会是她——这个不是恋人的恋人。

我们登上了去西班牙的渡轮。但我们的首站并不是西班牙——莫得已经去过了,我们只是在那里停靠,然后再去一个别的什么地方。我可不管,顺从命运吧,能到哪儿就到哪儿。

莫得开始有点困倦了。我望着她,用一只手遮住嘴笑了起来。

"瑞安,我知道你在笑。可我实在太——难道你一点不困?"她用一只手托住脑袋,懒洋洋地问我。

"不困。而且,你知道吗?如果能让这次旅行永恒下去,我宁愿一辈子都不睡觉。"她盯住我,笑着说:"求求你,我不想每天被一个像吸了几百袋烟的人陪着。"我笑了,把头转向窗外。

窗外,海浪像在呼吸一般地上下起伏。我把头仰起来。

不一会儿,我也睡着了。梦里,有一只金黄色的狮子在亲吻一头鹿,旁边溪流里的云的倒影在静静地看着。

"醒醒。你不会真打算在这船上睡死过去吧?"莫得把我摇醒。我抬头,窗外能看到码头的影子。码头上人来人往,每个人都在笑。

我们随着人群下了船。船外的空气里都有一股香甜的气味,混杂着海盐的味道,让我一下子肯定我们来到西班牙没错了。

旁边各种写着西班牙语的路标,指着不同的方向。每个人都在欢快地走着。有几个人在路边弹着吉他,唱着一些我听不大清楚的歌词。

"现在怎样呢?"

"现在?"我假装思考着说:"当然就是……""吃早饭!"听起来像是一个很棒的决定。

于是,我们糊里糊涂地走进了一家正提供早餐的咖啡馆。清晨,里面的人还比较少。我们轻轻推开门,走进去,一个满脸笑意的老奶奶坐在桌边,她看到我们走近,缓缓站起来,问道:"想吃点什么?"

Chapter 10 离开

莫得迫不及待地要了一个培根三明治。我点了一杯咖啡。我们坐在一个靠窗的座位，听着磨咖啡的声音，欣赏着窗外盘旋起来的海风。

我们突然笑了起来。

每次我坐在她身边时，就会有种海盐的味道环绕着。就算从未去过海边，你也可以想象得出海的模样。潮湿、黏人，却又莫名的干净清新。

"要是我孤独地死在这里了，怎么办？"我一边喝咖啡，一边望着她。

"人本来就是一种群居动物。没有谁是生来就喜欢孤独的。只有习不习惯将自己沉溺于其中的区别。所以，孤独与否只是你的自我心理选择而已。"

莫得咬了一口蛋糕，轻轻地说："其实，要是我们的生命交换一下就好了。""为什么？""因为……我觉得你的生活挺好的。"

"是啊，你又不是我，没有这么好的运气遇见一个对我一直不离不弃的人。"我笑了一下，望着她。

"我也不是你，没那么糟糕的运气遇见一个这么差劲，你却还要把她当作生命一样的人。"她挑了一下眉毛。我偏着头，笑望着她。

我们慢慢地用完了早餐，离开了。那个老奶奶向我们轻轻挥了挥手，安详地笑着。

我坐在清晨前往火车站的车上,摇下车窗,风从我的耳畔奔跑过。我望了窗外一眼,惊奇地发现天空被染成各种颜色。"一缕缕暧昧的晨光渐渐填满天际,那五颜六色随着时间氤氲了那座陌生的城市。"——一切都被风声洗礼。再贴切不过的话了。

我们傻傻地站在车站里,等着火车的到来。前面熙熙攘攘,有几个年轻人松松穿着垮垮的衣服站在那里抽着烟,旁边两个女孩说着一口法语,背着个帆布斜挎包,两侧经过几个端着咖啡匆匆闪过的中年人,可即便如此,他们看起来仍和一旁座椅上坐着的几个微笑着的老年人一样悠闲轻松自在。车站播报车辆信息的声音不断传来。顶上半透明的玻璃透出西班牙独特的阳光。心情一下子好了起来,像是有人替我在心里长长地舒了一口气。

"猜猜火车还有多久来?"莫得用一脸想笑的表情望向我。

"呃……还有十分钟?"

"错了,还有十二分钟。"这个游戏从小玩到大,尽管我每次都能不经意地瞥向手表,然后不小心地知道了时间,可仍然装作不知道的样子胡乱地猜一个数字,她就会笑着望着我。

后来我都快差不多改掉看时间的习惯了,但奇怪的是,每次望着她时,我能报出越来越靠近准确的时间点。

Chapter 10 离开

一个人坐在长椅上静静地等待着火车的来临。

内心明明有无数个鼓点在疯狂地敲击着,可却又心如止水。好像身处电影中,只可惜这电影不能因表演失误就重来,但我仍心甘情愿地全身心投入每一刻。

但老实说,在座位上傻傻地等待着晚点的列车的感觉真糟糕。就像你在等待一个喜欢的人,却久久地等不到,时间一长,担心她是不是反悔不来了,内心是那么迫不及待却又无可奈何啊!

"这辆车将开往哪儿?"我莫得问,她正在翻一本边已经起褶的书。"不知道。"她头也没抬地说。"你说什么?"我吃了一惊。"你知道我说了什么。我现在不想再说一次。""但不是去法国吗?""忘了。""我告诉你哦,你最大的缺点就是,你做事真的太随意了。当时,我应该坚持由我来订火车票的。""缺点不是每个人都会有的吗?我可不会强求自己变得完美。"她突然一本正经地说。"嘿……你在找借口啊……"我无可奈何地笑了,接着说,"不如说,你哪里会有缺点呢。你只是有一些不那么完美的优点罢了。"她听了后也笑了。

好吧,莫得,你得承认你就是个迷迷糊糊的人,但我就是想跟你这样的人一起来一场不用动脑子的旅行,随便火车将开到哪里。我转头望向窗外,一切都向后飞快逝去,也许是我们在飞快随时间流走吧。

"瑞安。告诉你一个惊喜。"看着她一脸诡异的笑容，我就知道一定有什么古怪。"我们坐上的是去德国的火车。"

"天哪，德国的哪儿？""哦，对哦……"然后她走去拉住一个过客问了起来。那个人用一脸看外星人的表情望了她一眼，回答说："法兰克福。"

"德国的法……法兰克福。"她又坐回座位。为什么去一个大城市？好吧，说得巴黎好像不是大城市一样。而且也是时候从那个小笼子里出来了——我们那个小城市。

"好啊，那就去吧。"我拿出手机，开始查询接下来我们要住哪儿。莫得就躺在座位上，戴上了耳机晒太阳。

很快，我查到了一家暂时空出来的可供租用的房间。位置在沿着机场上来的一条路旁边，尽管有点偏僻，但很安静。

到站后，我提着行李走出去，莫得兴奋地冲出去拦车。"初来乍到，还是打出租车比较保险。"她解释道。

我们在德国的蓝色天空下，坐进了一辆出租车。司机那严肃的表情和反复确认详细地点的举动让我清楚地意识到我确实到了德国。我和莫得相视一笑。我发现德国的大多数住宅都不算特别高，但给人一种宁静舒适的感觉。房子旁边就是马路，却一点不觉得吵闹。天蓝得

Chapter 10 离开

让人心动。阳光洒下来,使所有的一切都充满了无限的活力。周围的一切都温暖了起来。

下车后,我们到楼下去等房主。房东是个三十来岁的女人,穿得很简单随意,她简单地用英语交代了一下房子的情况,告诉我在网上付钱,然后把钥匙交给了我。

就这样轻松地住进了一间公寓里。门带上后,空气突然凝固了。我们忍住笑,望着对方。

"现在怎么办?"她问。

"嗯……去一趟市中心?""好。"然后我们又连忙拿上清理后的背包走向了房子对面的地铁站。他们的地铁是那种全城地铁,有时在地上,有时又穿梭到地底下。每一站之前都有德语进行站名播报。莫得只能在目瞪口呆地听了几句之后,转头向后面的人询问我们应该在哪里下车。我更是除了一句"Danke sehr"之外,什么都不知道。

我们在莫得快要睡着之前,在 Hauptwache 站下了车。人很多,中间似乎在开一个集市,我们先去一个水果摊买了一些蓝莓。卖水果的女生扎了一个蓝色头巾,匆忙地里外穿梭着。

我和莫得对视了一眼。整个德国的天空像是微妙了许多。

天边的云层缥缈起来,一层一层的,上下波动着,但如果你拿一把画画用的好尺子精心比量过以后,你会发现,不管云层是有多么杂乱或弯曲,你仍然连看都不想看一眼那些人工的、死板的线条,因为云层才是最自然最美的。

就在那一刻,我都还不确信这一切是不是真的。

回去的路上,我和莫得几乎在同时接到了电话。而这两个电话,都不是来自我们的父母——他们也许只能接受或感到无奈吧。我的电话竟是蕾娅打来的,她的电话是卡雅打来的。我们的手像是碰到了一块滚烫的烙铁。然后,我们不由自主地急忙往两个不同方向躲去。

"她问我在哪里,她关心了我!"莫得向我冲过来。"我也是。"只不过我没那么激动。

蕾娅根本没和我说什么,除了简单问了下我为什么没去学校——很感激她还在意这一点,都是些无关紧要的东西。不过也许除了她的关心,所有东西都是无关紧要的,我才会这样想吧。

"卡雅问我在哪儿,但她对我来这里,这么远一个地方一点也不惊讶。她说这很像莫得会做的事。"她咧开嘴,似乎还有点得意地笑了。

"然后呢?"

"然后她跟我讲了一些她的乐队的事。她说她最近在准备一个表演,好像很忙,然后她就说要出门了。"说着

Chapter 10 离开

说着，她的表情突然阴沉了下来。我突然有点难过。卡雅根本没有认真听莫得在回应什么，她也从来不想知道莫得的生活怎么样。在我看来，她甚至都不是真的想和莫得做朋友。

"那你呢？"她突然又努力地笑着问我。

"……我不知道她在说些什么。"

"但你和心爱的人说话，说了什么不是重点，重点是，你在和她说话啊，是吧？"她总是很有道理。可我却知道我仍然很难过。

我们谁都没有说话。我牵着她的手，慢慢地往回走去。

黄昏下，心事填满我们两个人的身躯。

想起有一年的暑假，我一个人在空空荡荡的房子里，突然断电了。那是个黄昏，但天已经黑了下来。天边的蓝色像棉花一样凝重地飘荡着。整个城市被一片云罩了起来。有几抹淡粉色在天边幸福地晕开。远处的马路上，车辆驶过。

"以后我一定会给我的屋子安一个浅蓝色的屋顶，然后天天坐在上面看云。"我想起莫得告诉我。

至于卡雅，我不知道莫得对她有多珍惜。我也不知道卡雅对她是怎样的。只是当你真的很喜欢一个人时，你会发现，你看她和看剩下的世界的眼神都是不同的。

蕾娅：

我希望我从来没有爱过你，或者爱过你上千次也好。但可惜我只爱过你一次，而那一次恰好就留下了一个永远的疤。

所以，原谅我吧。人生哪有那么容易让你一下子就认出来你的真爱了呢？

我那时真是失去理智了。

我想起以前我和你一起出去闲逛的时候，一般都是我等着你。

我就一次次地向人群中望去。那时候我的目光好像能够无限地延续，似乎可以望到才刚刚出门、远在几公里外的你。因为我想见你，所以脑海里能够浮现这样的你：匆匆忙忙地挎着个背包冲出家门，随意扎了下你的碎发，一边抬起手看时间，一边轻快地侧过头往街旁望了几眼。

可惜现在我连话都没办法跟你讲了。蕾娅，即使你能明白我的后悔，也不会再原谅我了吧。因为我以前似乎也从没认真告诉过你我究竟有多在意你。

2011.5.14

Chapter 10 离开

2011.7.14
早晨

我昏昏沉沉地醒来，踱步到阳台，看到莫得在那里喝果汁。我慢悠悠地从冰箱里拿出一盒牛奶，和着麦片兑下去了。

"我们要不要想想，我们最初的目的地是哪里？""我知道，巴黎嘛。"她转过头来，说"我们还有很多时间。"说实话，我可不这样觉得。我也不想提心吊胆地站在埃菲尔铁塔上；还会误以为塔下面闪烁的灯是随时能把我抓回去的人的眼睛——我们逃走的消息差不多已经传开了。

"那不然我去搜一些比较合适的线路吧。我觉得，起码把基本的住的地方定下来吧，不然我们可能会在巴黎街边睡上几晚了。"我起身，又倒了一杯牛奶，开始上网寻找一个合适的住处。莫得过来，摇了摇牛奶盒，发现已经空了。

"嘿，我出去买盒牛奶和其他的什么吃的……帮你随便带点什么吧？"我点了点头。她拿了点钱，关上了门。

chapter 11
Part 莫得
质疑

2011.7.13
傍晚

  玛塔是我读小学时最好的朋友之一——另一个当然是瑞安。

  因为我们都拥有类似的经历。只不过她比我更胆小，所以她经常被人欺负。

  "她的爸爸是个酒鬼。"我听到有人进来了，躲到一个柜子后边。"我早就听说了。恐怕她的人品也不怎么样。"玛塔？——这群人为什么要这样说她！"我早就看她不顺眼了，以为自己长得多好看一样，有人喜欢，了不起吗？"你们死定了。我心想。

  然后我等到她们令人恶心的声音飘散后，我走出去，

Chapter 11 质疑

左右看了下,接着把等会儿生物课要用做来实验的一瓶蚯蚓挨个地倒进了她们的书包里。

我忍住笑,得意地迈着轻快的步子往外边走去。再等一会儿,就能享受她们的尖叫了。我一边想,一边吹起了口哨。

玛塔和我刚吵了架,但并不意味着你们就能这样说她。我不允许。因为,欺负我的好朋友,就比直接欺负我还要令我愤怒。

让人伤心的是,玛塔和我很快就随着她的搬家失去了联系。我记得她离开那天,她来我家找我道别,她还对着我笑,试着安慰我。但她不知道当我难受时,感觉全世界的笑都是带着痛苦的。

她又一次用"我过几天就可能会回来"的话骗我——除非她那儿的计时方式要特别一点,也许一天就是一年。

门关上后,我就那样站在那儿,然后又跑到窗边看她离开。我希望我能和她一起离开,但她叫我别出门,别看着她走。

房间里,她的衣服上熟悉的洗衣液的味道还没有散。

一切都乱糟糟的,可这正是她真正来过的证明,证明这一切不是我可笑的幻想。

我坐下后,努力地回想刚刚,就在几分钟前发生的一切事情，一不小心就想到了几年前的事。

曾经的一切，是假的该多好，而有些事是真的又该多好。

"我发誓，我会再回来看你。"——遵守对别人的诺言不难，遵守自己对自己的诺言才难。所以，她食言了，我不怪她，毕竟她是在对自己说啊。

因此，自从卡雅出现之后，我才想好好珍惜她。有时我都在想，我是不是把这一切看得太过重视了，才让我觉得她对我是如此漫不经心。太在意他人的感受究竟好还是不好？对我来说，就算不好，我也改不掉了。

2011.7.14
早上

我关上了门。刚才，瑞安又一次在我伸手去拿牛奶盒的时候抢先喝完最后一滴牛奶。

我看到隔壁那家门开了。等电梯的时候——尽管只有三楼，我注意到，他们家竟然有六个孩子！最大的那个长得像 Kristen·Stewart 的女生应该已经工作了，最小的从那含糊稚嫩的发音来看，应该只有读幼儿园的年龄。最后出来的一个小女孩腼腆地向我打了一个招呼，我蹲下来，用德语对她说了句"早上好"。佩吉在家怎样了？

突然很想她。她一个人会不会有点孤单？

电梯门打开，一股扑面而来的香水味直钻我的鼻孔。

我靠在后面的墙壁上，面无表情地长吁一口气。

我出去买点东西。我等着绿灯亮起，穿过鲜有同行者的马路，经过一条长长的林荫路。路上，我听到了一些孩子的欢笑声，我忍不住朝着发出声音的地方走去。是一个幼儿园。里面很安静，边上停了几辆低低的自行车。有个卷头发的小孩在和她的妈妈道别。我竟然也挥了挥手，然后迅速地离开。我以前几乎没有好好地跟佩吉在幼儿园门口道过别，因为我从来没有陪她去过幼儿园。我突然有点内疚起来。

我向一个报亭的男子问了下路，他慢条斯理地指了指。然后我就顺着那个方向走到了一个小小的安静的商店门口。

门口摆了许多盆栽，都在风的吹拂下摇晃起来。里面出来一个推着购物车的老太太，手上还挂了一袋面包。我径直走进去，拿了两瓶牛奶，然后转身回去又拿了一瓶。我还买了些吃的，到门口顺便买了一个面包。

我又沿那条路重新走了回去。头顶偶尔有落叶飘落。我又站在路边等起了绿灯。旁边有个穿灰大衣的老人走过，轻轻咳了一声。

我又经过那家加油站，又走近那电梯。香水味几乎已经消散了。楼上跑下来几个嬉笑打闹着的孩子,在我来到我离开的门口,在包里胡乱地翻找着钥匙。

为什么我会感觉有点孤独?我不是应该感到纯粹的开心吗?

不,不会的。世间没有单纯的快乐。所有的快乐都夹杂着些许苦涩与忧伤。只不过,我找不到一个理由来说明我为什么会有点忧伤。此刻,我可以找出数万个理由来告诉你,我为什么应该感到幸福。

"我联系好了。我们明天就走。"我刚打开门,就听到瑞安说。"明天?"我犹豫了一下,"那……真的不打算在德国再多待一下?""我想,但是你不认为时间太紧了一些吗?况且,我们今天还有很多时间去逛逛。"我耸了下肩,表示同意。

"看,我们会在凯旋门这附近的一个旅店住,"他指着网上的巴黎地图说,"我们会先坐车环城一圈,然后去罗浮宫,最后,下午和晚上去埃菲尔铁塔,怎么样?"此刻,我的思绪一团乱麻,只是傻乎乎地点了下头。

"期待吗?"

"哪一天不期待啊……"我说。

我们带了点吃的,就出门了。我想去动物园——我几乎失去了关于童年的动物园的记忆。

童年,毕竟离我有点遥远了。

chapter 12
Part 瑞安
我们去巴黎吧

2011.7.14
上午

她回来后告诉我,今天上午我们去动物园。

我们要去动物园?为什么去动物园?我还以为莫得会去图书馆——德国明明有那么多漂亮的图书馆。但既然她已经提出来了,我也就没有话说了,毕竟我很不擅长拿主意。

然后我们就坐上了根本不知道终点是哪里的列车。车在一站站地灯影闪烁下飞快地驶去。车上人很少,大多数都在看书。

当我看到隧道里的墙壁上出现了许多动物的卡通画时,我突然想起了之前大学站的时候上面挂着许多大学的图片。我对莫得说:"下车了。"这时候,广播里传来一个和英文的"zoo"很像的单词。我更加确定,应该就是这一站了。

我们走上一个长长的楼梯。外面是干净的天空,许多父母带着自己的孩子来,他们大笑着。进去后,在火烈鸟园——其实就是许多非常低的篱笆围着的一片地,有个爸爸在为孩子学火烈鸟叫。火烈鸟?老实说我还从未听过它们叫,我甚至怀疑它们到底会不会叫,这种可能性可能就跟听到海龟叫一样……

再过去一点,看到一片地里有许多鹿,那些小鹿任孩子抚摸。我想起自己六七岁的时候,父母带我去动物园,我嫌那里人太多,很不情愿地挤进去摸了一只羊驼还是什么的——反正我们的表情都是彼此嫌弃的,爸爸说我们的表情简直如出一辙,大笑着给我们拍下照片。我想到这张照片还摆在书架最顶端,就忍不住笑了起来,笑完又突然说不出话来了。

我买了两支冰激凌,我们坐在一张晒得到太阳的长椅上,一边吃,一边看着欢乐的人群。

"我没有好看的外表,没有高挑的身材,没有动听的嗓音,不擅长说甜言蜜语,没有崇高的理想。我固执,我平凡;但我不会乱发脾气,我会忍耐我爱的人的一切这样那样的小缺点。我喜欢笑。我为那个小小的梦想快

Chapter 12 我们去巴黎吧

乐地活着。我很幸运,因为我自己是独一无二的,别人不是我。我不是为别人而活。那么,你会喜欢这样的我吗?"莫得想了一会儿,转过头来望着我,问道。"过一会儿就不会了。"我偏了下头,回复道。"一会儿是多久?""你是在问我永恒有多久吗?"莫得笑了,把头偏过来轻轻撞了一下我的肩膀。

我常常坐在那儿,想象着自己眼前是一片日出,晨曦将万物笼罩,树林被幸福地铺满了阳光。地平线在眼前飘摇起来。她和我一起坐在枝头,静默地凝视着这一切。

我想起以前,我们小的时候,我和莫得。

"嘿,你喜欢海边吗?"

我抬起头。一个笑得很开心的小女孩,俯下身望着我。

"喜欢啊。"我有点迷茫地望着她。

"我们一起去海边吧。现在就去吧。"我有点难以置信地望着她。她是不是疯了?可是又觉得她很有趣。

"今天不去。"我摇摇头。她挑了下眉毛,说:"哦……这样啊……"她在我旁边坐下,伸出手,喊了一声:"莫得。"她那一本正经的样子把我逗笑了。我伸出手,模仿着她严肃的表情,回应了一句:"瑞安。"然后我们都笑了起来。

苦 糖

记忆里的第一次见面，就是那样的吧，在一个非常纯真的年纪里，遇见了似乎都还没有什么忧愁的对方。

我记得我们后来还去买了冰激凌。我专门趁售货员没注意，翻箱倒柜地给她在冰柜底部抓出来一支百香果口味的。"这是最好吃的味道——可能最开始你会觉得有点怪异。"然后她抿了一口，笑着说："怎么会？这是我吃过的最好吃的味道。"然后一直笑到冰激凌在太阳下开始融化——我们似乎忘记了付钱。但值得注意的是，她这么多年以来，一直都吃的百香果味的冰激凌，从来没有听到她说吃腻过。

这也许就是幸福的定义吧。

我瞥了一眼莫得，她正出神地望着远处。我哪来这么好的运气有这样一个比自己更懂自己的人。

其实，接下来看了些什么我都记不大清楚了，反正就是我们在那里走走停停，最后转到了出口。

这附近一片空旷。"如果我们一直生活在这里呢？"她突然问我。我停滞了几秒，惊诧地说："住在这里？哦，你疯了。"我笑笑。"不，我没有。我只是觉得——也对，即使我们最终要住在这儿，我们也应该在那之前到处走走。我们的生活不该这样子，不是吗？"

第一次看见她用一种惋惜又有着无限向往的眼神和我说话。生活，没有人说得清它本来应该是怎么样的。

Chapter 12 我们去巴黎吧

每个人的生活都是不同的,也许莫得值得拥有一个更精彩的人生,我呢?我的人生前十几年太嚣张喧哗了,太顺利了。因此,我的人生,也许会是安静的,而一直平顺的人生,没有大风大浪,也注定会少很多疯狂带来的精彩吧。

我不禁有点失落地笑了一下,望着远处低矮的楼房,淡蓝色的屋顶,像我童年的梦里,为自己修筑的天堂一般的房子。

2011.7.15
早上

"早安。"我走出卧室。莫得顶着一头乱蓬蓬的头发慢慢地走出来,异常紧张地望着我。我忽然也紧张起来,"怎么……"我瞄了一眼手机屏幕。九点五十。我倒吸了一口气。我们是十点二十的火车——是德国发出来的火车。时间顿时凝固了。我望了一眼莫得,她点了点头。

我们两个人就像上了发条一样,飞快地满屋子跳跃。"我去拿包。""好——钥匙呢?出门时我交给邻居。"她从冰箱上抓出钥匙,扔给我。我难以置信地望了她一眼。"带点吃的!""你快去换衣服!我去收拾一下房间!"我们冲进两个卧室。最后我们飞一般地聚拢到洗手池边用水随意地抹了几下脸,莫得胡乱地把头发盘起来,我给房东留了纸条。然后我们揪住背包背带,莫得飞快地扫视了一下屋子。整齐,嗯……没有东西遗留……然后套上她的白色帆布鞋疯狂地冲出去按住了电梯。我从冰箱里又拿了两瓶水,轻轻带上门,把钥匙放在隔壁的鞋柜上方,跌跌撞撞地冲进了突然打开的电梯。

我们望着对方大笑起来,冲到楼下,看见地铁已经进站。我们像疯子一样,在车门即将关上的那一刻侧身滚了进去。旁边一个正在小憩的女生睁开她那双惊恐的眼睛瞪了我们一眼。

下车后,我们不顾一切地冲进人群中,在偌大的火车站里,莫得一眼就看到了我们即将错过的那辆在轨道上蠢蠢欲动的列车。"停下!""等一等!"我们同时大喊起来。神奇的是,他们真的没有发车——而此时已经十点三十了。

我们简直不敢相信。当我们登上车时,喘气喘得像狂奔了五百公里一样在列车员几乎愤怒得要飞起的骂声中,我们一边道歉,一边飞快地往里边搜寻自己的座位。

当我们终于找到自己的座位时,莫得瘫软在座位上,我也像泄了气的皮球一样坐在她对面,任由包滚落到地上。

Chapter 12 我们去巴黎吧

"我早告诉过你,没有被人用德语骂过不叫真正被人骂过。"

"这回我完全赞同你的观点。"我把头仰过去,深深地呼出一口气来,"我们很幸运,可能恰好碰到 Scarlett · Johansson 从列车员和司机面前走过——他们可是德国列车员!""不然我就只好再窝在床上看一晚的小说了。""如果你愿意猝死在床上的话。"昨天,看到莫得在客厅书架上摆满了书,我就知道今天她一定会灵魂出窍——她昨晚可能都没睡觉。因为我在半夜醒来时隐约地听到她时不时发出来的捂着被子的偷笑声。

莫得靠在靠背上,睡着了。

我疲倦地瘫在座位靠背上,车厢里燥热的空气让我全身上下热得像披了一层毛毯一样。我翻阅着蕾娅以前给我的留言。

我望向天空。一抹抹浅蓝不断从云层的缝隙里晃出来。我眯上眼睛,因为那让我想起了过去,当我们还在一起时的天空的颜色。尽管那时还要蓝些,空气也还要纯净些。

我的额头不断地冒着汗,全身都是。每一次呼吸都要万分用力,也要忍受万分的难受与压抑。抬起头的一瞬间,我看到了一个和她名字一样的地方——在一个一闪而过的路标牌上。我忽然忘记了周围的一切——甚至这些像是夹杂着海盐一般的空气。我只是一个劲地尝试挺直背,眼睛死死地聚焦着。

下一个路标如期而至。

过去,她还曾指给我看。地图上,真有那么一个和她名字一样的地方,一个很漂亮的地方——我那天还特意去搜索过。

又一个路标牌飞过。我突然觉得头晕目眩起来,胸口发闷。

我赶忙拽出放在桌下的背包,拼命地,慌乱地,在里面翻找着。我的相机。我要将它们一个个照下来发给她,作为我们的最后一次通信吧。

可惜还是晚了。

"蕾娅",我永远地错过了。我想。

我又闭上眼,呼吸着这令人压抑的空气,听着周围嘈杂无趣的音乐,想着一切不可能重回的过去。

但是啊,我真的没有那么觉得遗憾了。

毕竟窗的外阳光很棒。

我睁开眼,笑了一下,望着窗外。有时在某个时刻,特别是四周很温暖的时候,心里会生出一种说不清的感觉,然后往事渐渐浮起,不算舒适,却无法抵抗地来到心口,却一下子消失了。

Chapter 12 我们去巴黎吧

蕾娅：

还有几秒钟就要与你分开。

就像在听自己生命的倒计时一般倾听着自己的心跳。

"再见"这两个字，怎么说得出口。

这就是我对你马上要离开我去一个不知道哪里的地方、不知道要待多久的反应。

莫名其妙地心悸。是那种热浪，不，是一种似乎很柔软却很庞大有力的东西，一下一下地撞击内心，像把心一下子提起却久久不放下的那种感觉，最后再猛地放下，心脏一沉一沉地快速跳击着——你都仿佛能听见它的声音。

蕾娅，你有过这种感觉吗？

2011.2.1

chapter 13
Part 莫得
我们到巴黎了

2011.7.15
中午

我感觉有人推了我一下。

我艰难地从座位上支起自己躺着的身体。"为什么要现在叫醒我！知不知道下一秒钟我就要见到 Keira·Knightley 了！"瑞安翻了下白眼，说："算了吧，我每次即将在梦里与 Lily·Collins 约会时，闹钟必然准时响起。——瑞安定律。"

突然感觉特别热。一种很奇妙的感觉流过全身。仿佛在家乡，那个小城的夏日里。只有童年，没有长大。那是夏天独有的一种黏重。空气像是被换了一种颜色，偶尔有风吹来。人说的话都变轻了。一抬起头，看到风

Chapter 13 我们到巴黎了

把车窗窗帘吹起。往事的每一幕都断断续续地回荡着。我以为我在梦里。

昨天发生的一切都像不存在了。我烦闷地站起又突然坐下。

列车出了点故障。于是我们在某个小镇停下，等待换车。

而我们被告知，车还不知道要多久才能来，可能到巴黎都是晚上了。乘客无可奈何地提着包离开。我和瑞安去了旁边的冷饮店买点喝的。

"我就像那朵飘在浅粉色天空中的云，安然，温暖又幸福。人生啊，就这样不紧不慢地一直延续下去，不好吗？"

"好，当然好，有你在一起，天天就像在看晴空中的云一般。"我们都在这微弱的疲倦中悄悄地兴奋着。

"你说他们会不会来找我们啊？"他问。

"可能会。但我们不会被他们找到。"

"世界那么小，兜兜转转很容易就会碰见。"

"算了吧，世界明明那么大，不然我怎么连一个真正爱我而且我也爱的人都找不到呢。"他勉强地笑了一下。我突然像抽风一样，止不住地笑了起来，回车上之后仍一直在笑。他摇摇头。

终于到了巴黎。

此时夜幕已经来临。我提起包，披上外套，帅气地抖了一下衣帽，然后斜挎着包，想象自己正在电影里的慢镜头下，踏着一首要炸开一样的电音，仰起头很拽地一脚踏出车门。不料，一下子踩空，差点没有飞出去，幸好瑞安一边用诡异的眼神望着我，一边及时地逮住了我的背包。我尴尬地说了声"谢谢"，把散下来的头发撩到耳朵后面。

"呼，巴黎了，我们到了！"他皱了下眉，然后望着四周，愉快地说。我简直不知道他在说些什么，虽然我也很激动。

我们现在在巴黎的火车站，我感觉我在世界的中心。这种感觉就像到了自己一直梦见的地方，整个人都要上天了。天空被无限地放大又缩小，我开始迷醉起来。

"走吧。没想到巴黎的晚上还有点冷。"他走在前边，拦了一辆出租车。

我看着车穿过巴黎灯光闪烁的大街。整条街都散发出一股浪漫又奢华的气息，是一种我从未拥有过的感觉。行人中，女的穿着轻盈的风衣或浅色的短裙，口红、高跟鞋，甚至可以闻到隐约的香水味。男的穿着米色的衬衣，下边是卡其色的九分裤，踏着浅色帆布鞋穿梭着，和繁华街道上奔驰而过的车流构成了一幅令人惊叹的图画。远处可以看到埃菲尔铁塔的轮廓。

我忘了，也许巴黎的狂欢这时候才开始。

Chapter 13 我们到巴黎了

2011.7.16
早晨

早晨起来，走到酒店阳台上，看着外面一排低低的楼房，每户阳台上都种着一些很可爱的花。风吹到我脸上，我轻轻吐出一口气。

昨晚，瑞安也许还顺路买了一瓶酒，也许我顺便喝了几口，反正我现在像是喝醉了一样露着满脸沉醉的傻笑。我穿上了一件白色短袖衬衣，随便套了一条牛仔短裤，又迫不及待地踩进那双白色帆布鞋，一边弄了一下散落在肩上的头发，一边背着包，手顺着墙一直滑到门边，拐出去径直敲了瑞安卧室的门，正好撞见了也刚好打开门的瑞安。

"我还说来叫你呢，期待吗？""好巧，你也穿白色短袖啊。""是啊，有没有很搭？"我挑了下眉毛，笑了。

我们等着电梯门缓缓打开，先进餐厅吃东西。有个老妇人问她旁边的一个人说，为什么这女孩的脸上一直挂着微笑，她还做了一个微笑的手势。

黄油面包、加麦片的冰牛奶和几片腌肉，是瑞安永远的早餐选择。我就会走走看看，一会儿切一点法棍面包，一会儿抹一点蓝莓酱，一会儿拿几片火鸡肉或一个水果布丁，上面放一点草莓干，最后还倒了一点儿橙汁。

"你不怕被甜死啊？"他问。"不会，我现在的生活已经够甜了。"我得意地冲着他笑。

然后我们像两只进城的火鸡一样一蹦一跳地出了酒店。

夏天毫无征兆,又像蓄谋已久般地来临。夏天最先来到树梢。阳光照耀下,每一棵树都像一个个闭着眼睛听音乐的女孩一般。

我们沿着街向下走,阳光从一棵棵树的缝隙中透下来,一束束阳光间断着洒向我的脸,我的眼眶一会儿被阳光铺满,一会儿又被往日浅色的失落占据。

我起嘴角,肆无忌惮地笑了起来。假装自己是电影里走着走着就跳起舞来的女主角。

chapter 14
Part 瑞安
巴黎与过去

2011.7.16
早晨

我们昨晚到的巴黎。一切都是照片中的那些样子，甚至更加的迷离。今天早晨，我们就准备开始拥抱巴黎了，尽管我知道我们根本没有准备。

我们走向街边停靠的一辆环城巴士，售票员站在车边吸烟。我问他价格是多少，他轻轻吐出一个烟圈，瞄了我们一眼，用计算器按了一个数字。我本来准备翻下包找钱，莫得突然走上来，摇了摇头，拿过计算器，重新按了个数字，然后用手势指了一下我们，大概还说了一个"学生"一类的单词。售票员可能明白了她的意思，瘪了下嘴巴，做了一个勉强让我们先进去的手势。

我们走上了楼梯,来到敞开的顶层,她找了一个中间最靠右边的位置坐下,我也想靠边,就坐在了同一排的最左边。乘客开始陆续上车。有个把头发扎起的男子坐在了我旁边。最后车要开动时有个手臂上文了只鸟的女孩气喘吁吁地跑上来,坐在了莫得的旁边。

我们戴上了巴士统一发放的用来听座位旁边的解说器的耳机。道路旁边的咖啡馆和各种有年代感的建筑在迎面飘来的风里面动了起来,香榭丽舍大街上来往的人群向我们身后欢笑着退去。

莫得激动得坐立不安,一会儿夸张地把头伸出去,让头发散乱在风里,一会儿又像个小孩子一样四周不停地看,脸上挂着难以抑制的笑容。每次到了一个很漂亮的地方时我们就对望着,然后她就很搞笑地给我做一个飞吻的动作,我拿出相机对着那边戴着墨镜姿势摆得像时装模特一样的莫得照了很多张照片。到了巴黎圣母院门口,她还用唇语跟我说了些什么,我笑着摇了摇头,她便吐了下舌头。

最好笑的是我座位旁边那个人,可能以为我和莫得不认识还玩得这么起劲,拿出手机抓住旁边那个文身的女孩一顿自拍,差点还想上去拥抱她。那个女孩刚开始不觉得怎么怪异,还摆好姿势配合他拍了几张。后来她下车时,我听到她用西班牙语骂了句"神经病"。然而那个男的仍然沉浸在刚刚的奇妙邂逅中。我和莫得莫名其妙地看着他们，那个女的下车后我们对视了一眼，转过头笑得浑身都抖了起来。

"我告诉过你，在这里，各种各样的人都会变得很好玩的。"

我向她眨了下眼睛，说"我先告诉你的。"

我们在罗浮宫下了车。为什么会来这里，我也不太清楚。有些艺术可能是因为它真的经典而有名，但对于我这种对艺术品懂得太少的人来说，一切经典的艺术都变成了因有名而经典。我就这么糊里糊涂地排起了队。

"抱歉，"一个瘦弱的女人走过来，说，"很抱歉，但我想，你能否帮我一个忙，我和孩子的父亲走散了，就在刚刚，而且似乎他已经进去了。我一个人可能不能……总之，就是……"她用眼神望了几眼她的手推车里的小孩，我点了点头，因为我害怕如果她继续用那哽咽的英语说下去，我更不能明白她在说什么。"当然，我会帮你找到他的父亲的。"我望了莫得一眼，莫得点了点头。

她感激地说："太感谢你了！"然后令我们惊喜的是，我们跟着她就直接走了婴儿手推车通道——这也太搞笑了，我们就这样直接跳过了本来可能会消耗两个小时的长队。

苦糖

我们简短地交流了一下。我知道了她是来这里旅游。然后，我就真的没听懂了，不过我还是感谢她让我们少排了这么久的队。莫得小声地问我，刚刚她说了什么，我说她来自某个地方。莫得嘲讽我说，干脆说她来自地球。

我们经过一个长长的电梯下到售票处。她的丈夫恰好在那儿等她，我帮她把手推车搬下去时，他直接用法语来对我表示了感谢。我微笑回应。然后他们就离开了。那个男人的灰色大衣很熟悉，而且，为什么和周围的一件件短袖衬衫那么的……不搭？他转头时望着我笑了一下。我害怕起来，像是想起了什么似的抖了一下，但很快我听到莫得在叫我。

"似乎今天排队的人很少嘛。我们要不要租一个解说器？"她转过头望着我。"好啊。"我还略微紧张地望着她说。她迟疑了一秒钟，走上前去买了两张票，拿了解说器和一张地图。我仍喘着气。

"嘿，走吧。"她开始往里边走。

其实接下来我看了什么我也不大清楚，里面太大了。我只记得里面有很多画，数不清的画，我像是在一个由画拼凑成的迷宫里徘徊，头突然感到眩晕。每一幅画就像一双眼睛在注视着我。

莫得在前边慢慢地走。她在亚当与夏娃的一幅画前面停了下来。我问:"怎么了?"

"你说,当时夏娃为什么要吃树上的苹果?"

"因为故事就是这样讲的,不吃的话,我们现在的一切故事就没得说了,因为根本没有以后的更多人类了。"

"你很无趣啊。"她不屑地说,"我认为,夏娃吃苹果也许就是一个借口。那条蛇也许都不存在。也许夏娃本身就不存在。也许只有亚当一个人。也许是亚当太无聊了,才编造了这样一个故事。后来来了更多的人,他作为第一个人类,把这个故事洋洋自得地讲给那些人听。"

"为什么要编造这样一个故事?"我有点好笑。"让其他人感到羡慕呗——一个美丽的女子,为了自己肯义无反顾地坠入爱河。也许人类在那时就爱炫耀自己的爱情了。""嘿,"我尝试纠正她,"人们不是在'炫耀'爱情。他们是在表达爱——以一种旁人的视角来看。""为什么要表达给别人看?""唉,我的意思是,像亚当,他觉得被人爱是一件很幸福的事,有一份完美的爱情更幸福。也就是说,'爱'这种东西,是公之于众,还是悄悄地只有彼此知道而已,都是人类的一种本能。"莫得露出了一种奇异的微笑,"看来我还没有这种本能。"我奇怪地盯着她。

我们走到了蒙娜丽莎的那幅画前面。其实我们什么也看不见,我们只看见一团黑压压的人群聚拢在那儿,像着魔一样拍着照。我和莫得对视一眼，跟着人群往里面慢慢移动，终于接近安全线了，像"入乡随俗"一样，我拿出手机赶忙闪了一张。结果马上又被像赶鸭子一样赶走了，出来一看，蒙娜丽莎的眼睛闪着一道诡异的亮光。我倒吸一口冷气，后来发现是开了闪光灯反光了。

我们干脆不拍照了。慢腾腾地像两个白痴一样走走停停，看着红红绿绿的颜色从我们身旁一次次飘过。

我看到无数的描绘战争的图画。战争本身就是一件冰冷、血腥的艺术品，雕塑者刻骨铭心，而后来研究、品味它的人却只是任自己的眼神从它的脸上飘过，就把血与泪熔铸的一切轻描淡写地带过了。

"其实，要是有这样一件事发生了：有人造了一台机器，它能将所有的画面捕捉下来。然后有一天，将那个人所有的丑陋、可笑、阴险、凶恶的一面——全都公之于众。这样的话，世界的自杀率不知会高多少。我们敢那样做，却怕别人知道我们做的事。""是啊，每个人都是。难道你就没有你不想被发现的一些秘密吗？"她问。"当然有，而且多的是。"我小声地说，眯起了眼睛看着一幅幅色彩斑斓的画。

"你说，粉红色的大象会不会很可爱？"走了一会儿，她突然问。"什么？"我怀疑我身处的位置。她用手指了指一幅油画。虽然我不清楚那团粉色的是什么东西，但我肯定那不是。"还好吧。"越看越像一头大象。但看简介应该是"一支笔"？莫得瞪大了眼睛。

到雕塑馆时我们更是一头雾水，特别是看胜利女神时，我们有点震惊。首先，我们没有听懂解说器里介绍的那些关于她的信息。其次，我们又一次被周围拼命与她合影的人的热情震撼到了。

我们满脸无奈地逛了一圈又一圈，最终决定下次先了解了这些艺术背后的含义再来——如果还有下次的话。"我还要跟你一起来。"她说。"好啊。到时候你就听我慢慢地跟你讲这些名画、雕塑的真实含义吧。""得了吧，比起你，我更有可能记下所有的东西，好吧？"我笑了，"而你，很可能会向我介绍那是一头蓝色的大象？""去你的，瑞安。"她眯起眼睛笑了。过了一会儿，我们沉默了。也许吧，我们都清楚，这样的机会，也许只是存在于一句话之间吧。

我们走出去，买了一个巧克力蛋卷冰激凌。气温升高了不少。我们在大街上闲逛起来。

"莫得。""嗯？""接下来去哪儿？""不知道……哎呀，你不要总是问我这个问题，你知道我不会拿主意的。"她盯着我看了两秒钟，"不然，你把地图拿出来，抛个硬币，它落在哪儿我们就去哪儿。""好办法。"不，这真是一个坏主意，"万一我们抛到一个很糟糕的地方呢?""那就不去那儿呗。"她停顿了一下,咬了一口冰激凌,"以前我一个人不得不自己拿主意时,我就抛硬币,当我抛了一面之后,想再抛一次时,我就会马上选择我抛到的那个选择的另一个选择,因为我的潜意识的否认说明了我的不喜欢。这样就很简单地解决了我的选择恐惧症了。""那万一有三个选择怎么办?""我会去睡一觉。睡一觉起来,那次选择很有可能就消失了。""你这是在逃避。""你现在才是在逃避,快抛吧。"我满脸怀疑地摸了一个一欧元的硬币出来,轻轻地往空中一抛。然后,我们就看到它洋洋洒洒地滚到了那个冰激凌车旁边。"哎呀,谢谢了,来一个什么味道的?"那个卖冰激凌的老板笑嘻嘻地捡起硬币说。我无奈地欲言又止,回答了一句:"香草味。"

"抛那么用力干吗?"莫得一边吃着那个意外买来的冰激凌,一边说。"不吃就吐出来,哼!"我又翻了一个硬币出来,轻轻地抛了一下,这次落在了某个点上。"好像……偏离了市中心?"莫得凑上来看。"哈,这里是凡尔赛宫。""才怪。凡尔赛宫在旁边一点,这里是那什么……枫丹白露。我听说过。""哦,是什么地方?""是以前法国国王休息的宫殿。""哦。""嗯。"她直起身,催促道:"总之,是一个很安静的好地方就是了。走吧走吧。""现在就走啊?""是啊,时间不待人。"她简直是

Chapter 14 巴黎与过去

个骗子，明明刚才还跟我说我们有大把时间。

不得不说，周围真的特别安静，连起风的声音都十分微弱。

我们望向四周。周围就是一座座的宫殿，宫殿后边有两个巨大的幽静的花园。沿着小路走一段，还可以看到陡然开阔的空地，空地里面的喷泉在温暖的空气里缓缓地喷出水来。

我拉住她。"嘿，我来帮你拍一个视频吧。""什么？"她疑惑地笑望着我。"你记不记得我们之前看过的，一个记者在 Nicole·Kidman 的家里一边跟着她走，一边向她提问的那个视频？"她想了一下。"记得啊，但……我们已经那么熟了，录这个有什么意义吗？"

"当然有啊。第一，这里多漂亮，不用相机记录下来多可惜。第二，我觉得这会很有趣的。第三，我觉得其实很可能还有许多东西都没有被彼此知道呢。"她踢着一块小石子。"好吧，你先来问？""当然。"我拿出相机，打开镜头盖。

"一、二、三——"我笑了。镜头里的她很好看。她双手背在身后，开心地笑着。

"莫得小姐，请问你现在在哪里？"

她用看傻瓜的眼神望着我，然后笑了起来。"嗯……巴黎，准确地说，是枫丹白露。"

"和谁一起?""一个拿着相机傻笑的无聊的家伙。"我白了她一眼。

"最喜欢的季节?""夏季。"

"最喜欢的地方?""冰激凌店?"我摇摇头。"地名。一个具体地方——除巴黎以外的?""嗯……阿姆斯特丹。"我惊异地望了她一下。"我真不知道你喜欢那里。""嘿,那里除了你'向往'的大麻还有很多东西呢。""喂,我什么时候变成了一个……"我哭笑不得。

"最喜欢的音乐?""任何适合我心情的音乐。"她沿着林荫小道轻快地跳跃着。

"最喜欢的电影?""任何类型的电影?""嗯。""恋恋笔记本。"

"你最喜欢闲逛的地方?""海边。"对啊,这个就算逃课也硬要跑去游泳的人。

"哪项特征你从童年保留至今?""毫不顾忌的大笑。"我又回想起昨天她在公园突然大笑,吓哭了一群小孩子的情景。

"最喜欢的颜色?""蓝色。"我停了一下,不解地问"恕我打断,你不是很喜欢暖色调的吗?"她回答:"是啊,蓝色是最温暖的颜色啊。"

"一百年后不想什么东西存在?""偏见,各种偏见,种族、性别……甚至现在还有地区一类的。简直可笑,

Chapter 14 巴黎与过去

我们都是人类,干吗要自己给自己找分歧?"

"以后想做什么?""环游世界。""那是你的职业?""是。我说了,一边环游世界,一边打工。"看得出她有一点点恼火。

"哪首歌能囊括你目前的生活?""Mean."幸好我知道歌词在写些什么,不然光看歌名……"那我再反问你一个问题。"她突然走上前,把镜头扭向我。"用一首歌来概括你过去的感情。""什么?"我简直不敢相信她会问这样的问题。"不知道有没有叫 Empty 的歌,哈哈。"看她装模作样的严肃的表情,我说,"The story."她一脸好奇。我欲言又止,"算了,没听过就算了,以后给你听。快往前走,该我问了。"

"想和哪位作家一起聊天?""Patricia·Highsmith."哦,当然,《卡罗尔》就是她上课看到差点把头陷了进去,最后因为他的脸上露出奇异的笑容而被发现最后被没收了的书之一。

"最喜欢的食物?主食一类的。""意大利面。各种口味的——除了菠菜味的,太诡异了。"

"最害怕的事?""有时听到打动自己的歌,却茫然地不知道该分享给谁。"我的心突然被刺了一下。

"旅行前你感觉怎样?你知道,对你的生活啊什么的。""烦透了。"她至少还有明确的感觉,而我呢,只是一种迷茫吧。

"给从前和今后的自己说点什么?""其实我写过信,给十年前和十年后的自己。"我忍住笑——有一天,她借给我书时,信被夹在书里,我当时不知道那是什么,糊里糊涂地看完了之后才发现,她像个小孩子一样在和自己对话。但我没有告诉她。

"最遗憾的事?""如果我早点发现我喜欢你该多好。"我放下相机,凝视着她。她又咧开嘴笑了,就是那种一看到就会想起夏天的那种笑容。

"我来问。"她望着我。我侧过脑袋,笑了。

"最害怕却又偏偏想得到的东西是什么?"

"爱情。"

"最温暖又最冰冷的东西是什么?"

"回忆。"

"用一个名词来形容你和蕾娅的关系。"

"渐近线。"

"你最讨厌的事?"

"想念。""嘿,别这样,想念有时挺美好的啊。别这么悲观嘛。"我点点头。她叹了口气。

"用一个词来描述我——从你的视角。"

"Colorful." 她疑惑了一下,"什么意思?""'我爱你'的唇语。"我笑嘻嘻地望着她。

Chapter 14 巴黎与过去

她笑着眨下眼。

"那就这样?"她停下,合上镜头盖。然后我们就坐在树荫下的长椅上,眼神放空地望着远处。一个父亲把他的小男孩高高举起,架在脖子上,奔跑了起来。男孩的妈妈跟在后边,开心地笑着。

我懒洋洋地靠在椅背上。莫得用双手撑住下巴,发着呆。

"我们等会儿进去吗?"

"不要。我累了"。"我知道,马上又是 Time for dinner 了对吧?""你真聪明。"

莫得的信：

给十年前的自己：

嗨。你……才刚学会完整地认字没多久吧？真希望我能坐在你旁边念给你听啊。（不许笑，我很认真的）

真高兴你已经长大了。不过，其实我现在也仍是一个小孩，只不过比你大多了。当时你很渴望的众多"权力"，比如能自己支配零花钱，和好朋友一起去很远的地方，（你一定猜不到我将会和瑞安一起去哪里！）想吃什么就吃什么。（可现在我觉得吃冰激凌吃到肚子疼，并不那么美妙）——但我想先告诉你的是，趁机多吃一点你最爱的百吉冰激凌——它现在已经在超市里消失了。我知道，你一定会很难过。我当时也难过了好久呢。可谁知道呢，唉！烦恼总是伴随着长大一起来的啊。

亲爱的，不过对你来讲遥遥无期的这十年里，还是发生了许多会令你期待的事。

读小学的你简直就是个野孩子。你和瑞安会成为永远的好朋友。你还会遇到一些很喜欢你的可爱的人——尽管你根本不喜欢他们。其中有一个经常送你冰激凌——这是唯一能贿赂你的东西，哈哈。可惜现在全没了联系。唉，爱情一类的，我现在都不懂，何况你呢。但是小孩子的感情，真的好干净、好可爱、好纯粹啊！

你还会去很多地方，第一次出国是去的香港。有好

Chapter 14 巴黎与过去

几个地方都是你一直念念不忘的,现在别人一和你提起那些地方,你仍会手舞足蹈地讲个不停呢。

亲爱的小孩啊,不要害怕,放心大胆地长大吧。不要担心太多。甚至不要去担心,因为你一旦担心一件事,就像多米诺骨牌一样,你会担心越来越多的事。如果要带走你童年的一样东西的话,把你的那份纯真带走吧,这样你就能真正勇敢地面对这个世界了。

不要急着长大。你慢慢走吧,我会保护你的。

不相信?

拉钩。永远不许变哦。

谁变谁是背后农场那只蠢得掉毛的傻瓜鸭。

要乖。要快乐。

晚安。(吻你的额头)

——十年后的你

还有一封：

给十年后的自己：

二十七了？（我的天哪）那是什么感觉？你现在住在哪儿？其他人怎样了？还那么爱看书、看电影吗？在写作吗？去过了你想去的那些地方吗？和你爱的人在一起吗？

不好意思啊，我问太多问题了。可你知道，未来总是最吸引人的事之一。

我以后该怎么办呢？路还这么长，会不会特别难走？我会像刚才躺在床上那样迷茫，那样无助、甚至还有点呼吸不畅吗？

但的确，我现在正处在人生的一个非常艰难的时刻。压力汹涌而至。希望很渺茫，突然间，像远处的灯火摇曳一下，"刷"地一下，灭了那种。

不过我会挺过去的。为了你。

为了你可以对你的生活感到满意，为了你可以在住在一个你喜欢的地方，为了可以自由自在地写作，无忧无虑地环游世界，为了你可以遇见一个你值得托付终身的人。

好想听你说说话，听你亲口对我说你走过的一个个地方，看过的一个个梦里才有的风景，遇见一个个属于不同季节的人。

我们都还年轻，不是吗？我们还可以做自己想做，

Chapter 14 巴黎与过去

也还有能力与勇气去做的事。我们仍然有很长的路要走,世界那么大,到处走走吧。不出去看看,世界再大,都是别人的世界。

不能让几十年后的我们后悔。

如果我现在的一切,对你的现在来说,都是值得的,那么就太好了。我真想抱抱你。所有美好的事,该来的总会来,只是时间问题,我要耐心,充满希望地等。

不要害怕与放弃。想想你曾经的痛苦,你就会感觉,有一个人——尽管那个人是多年前的你——在帮你分担这一切,你会好很多的。(遗憾我现在还不能这么做,因为一个人在童年时根本没什么真正的痛苦嘛)

或许还有另一种方法。事实残酷地证明,每个人的生命都是在起起伏伏中度过的,每个人的生命中都会有这样那样的忧伤抑郁。每个人都是这样,那么,如果你这样想,也许就会感觉有七十多亿人在帮你分担你那点微不足道的忧愁,也许会更好一点吧。还有,旅行、美食、音乐、美梦和爱。当遇到不顺时,这些东西可能会帮助到你吧。

我去未来找你,你在那里等我就好。就在那条有个白色电话亭的公路旁——你知道的。

——来自十年前的你

这两封信，就是之前莫得提到的和自己的对话。

这种感觉一定很奇妙吧。我以前去旅行的时候，也常常给自己写信，寄明信片寄给自己，很可惜一封都没有收到过。

Chapter 14 巴黎与过去

蕾娅：

　　我特别喜欢你弹钢琴的样子。每一次我都会想起你第一次弹，在那间周围全是树林，阳光穿过树叶透进房间里来的小屋里。你的指头轻轻地碰触着每一个琴键，我感觉你的头轻轻地随着节拍晃动，一会儿又轻轻地笑了。我感觉自己像是在喝一杯橘子酒，整个人被丢进去了一样，一个个音符从我脸上滑过。

2011.3.9

晚上

塞纳河边人影浮动。我登上船顶站着，与船一起静静地飘在黑夜中的塞纳河上，巴黎的夜景开始迷迷糊糊，像20世纪80年代的老电影一样。巴黎的夜景，在历史的浪漫里沉醉，她就像一个神秘的女孩，在漂浮着的雾气里轻轻地呼唤着你的名字。白天看到的一条条街道，此时都变成了一首寂静的歌，在这个谜一样的城市里穿梭。

我看着旁边的莫得。

"我真的想成为一个作家。"她突然说，眼里闪动出一种我以前从未见过的情愫。"要是你想不出什么可写的呢？"我试探着问。

"生命还长着呢。"她轻轻笑了一下。"亲爱的瑞安，你最不该恐惧的就是你的人生。""我可没有恐惧。我只是觉得……有太多的不确定了。"我说。她望着我笑，"就是因为人生是未知的，才让我有了那么多对明天的期待。不过，生命又有什么多了不起的意义呢？无非就是看看自己在人群中偶然牵到手却执手一生的那个人到底长什么样罢了。"

我突然闻到一股很清新的河水的味道。一切都缓缓地在空气中，在我们周围飘散起来了。

我们回去得有点晚了，倒床便沉沉地睡去。

很奇怪，我以为我离开了那座小城，其实到现在都

Chapter 14 巴黎与过去

还没有。我仍然感到一阵空虚与孤独。

就像是什么也没做一样,也不知道今天是怎么过的。

就好像只是穿梭在这座偌大的城市间,灵魂却不小心被挡在了很远的地方。也许当时买票的时候忘记了帮它也买一张吧——它现在也许还只是提着行李箱孤单地傻傻地站在检票口吧。

"刚刚有几个灵魂从我身边经过了,还和我用法语打了声招呼。"莫得留了纸条。

"我听到了。"——我什么时候听到的?我疲倦地盯着天花板,心想。

睡着之后,头脑里突然传来一连串熟悉的又遥远的声音。

你应该明白你以后要走一条怎样的路。

你都不知道你现在在干什么,你知不知道只有你才能对自己负责?当你长大后没有人能管你了。

我们告诉过你太多道理了,选择怎样的路是你自己的事。

你要干什么,过得怎么样,其实和我们没什么关系——毕竟我们以后是不会靠你的,你放心。

你以后会后悔的。

你如果继续这样,你以后不会遇到很好的人,不会过上你喜欢的生活。

父母所有的话突然像暴雨闪电一样袭击了我的脑海。我猛地睁开眼。

四周一片漆黑。我醒了过来。

我一下子孤独起来。

说真的，我想念童年了。

那时，我什么也不用担心。

现在呢？——我现在恐怕就是个废物了。

如果我可以再回去，我想告诉他——过去的自己，他的未来会很了不起。

2011.7.17
上午

我们逛了很久之后，天空中突然毫无征兆地落下雨滴来。我和莫得躲进一家冷饮店，看着整个巴黎笼罩在一片烟雨中。

"你说芬兰究竟是什么样子的，还有冰岛和挪威？北欧那么冷，街道上一定很寂静吧。"

"我以前去芬兰的时候，还是去的首都赫尔辛基，到晚上本来应该出来狂欢的点，街上却连人影都没有，很多商店都关门了。真是难以置信，他们应该会错过许多精彩的享乐吧。"

Chapter 14 巴黎与过去

"也许他们就喜欢这样的感觉。"我不以为然。

"冰岛,那里诞生与居住着无数的作家,那里应该是写作的好地方。"

"呃,其实自己有故事,你就是去赤道雨林里面坐着,与炎热和野兽共乐,该悲伤的情绪还是会汹涌而至的。"

"可惜我什么故事也没有。"她搅拌着杯子里的冰块,看着它们在一片浅蓝色中沉浮,"瑞安,我什么经历也没有。我是不是不应该去当一个作家……"

"别傻了。莎士比亚连意大利都没去过,仍然把罗密欧与朱丽叶在维罗纳发生的浪漫故事写得那么好。写作嘛,大多数本来就是,百分之十是自己内心涌现的真实感情,百分之九十是浪漫想象。作家最擅长一本正经地说谎。"我笑了笑。"但我们就是喜欢听他们说谎,因为我们一般都不知道他们这些东西是真是假,因为这些东西很有可能就正好在我们身上发生过,只是他们讲出来了而已,是吧?"

我们在大街上继续游荡,最后钻进了一家意大利面馆。当我们把勺子狠狠地戳进冰激凌球里时,彼此都长长地舒了口气。

"要不然,我们下午去登埃菲尔铁塔吧?"

她瞟了我一眼。"好啊,什么时候?""就是下午。"
"哦……"

我们晃了一会儿之后,发现埃菲尔塔虽然感觉近在眼前,仔细一看,要过去仍然要走很远,所以,我们又去坐那个观光巴士。我们将在那里下车。

在车上的时候,随着车从一座座桥上经过,旁边的建筑物把铁塔遮掩得若隐若现的。我深深地吸了一口气。

终于下车了。我们来到了塔下不远处,仰视着它时,我有一种说不出的感觉。以前听过无数的人跟我讲过埃菲尔铁塔有多漂亮,也看了那么多摄影师们拍出的无与伦比的照片,但那种心头一颤的感觉,还是只有此刻才真正感受到了。美景有多漂亮,除了真正去感受它,你永远得不到那份融于该景的惊心动魄。经历是人体会美的唯一直接途径。而当你用心去发现美好时,美已经与你渐渐融为了一体。

我们一下子就被人群隐没。

无数的人从我们旁边经过。我抬头仰望,塔像一片星空浮动在我头顶。

就在我们快要进去检票口时,有人过来说有一点问题,让我们等会儿再来。

我们就在旁边坐了一会儿。我的头脑又开始流浪了。

"等待是一个很棒的东西。当你有什么东西很想要却

Chapter 14 巴黎与过去

难以得到时,等一等;当你有什么不想要却又围绕你时,等一等。得不到的,时间一过就不想要了;不想要的,时间一过,它自然就离开了。"我懒洋洋地斜靠在座椅上,听着莫得讲话。

"快到我们了吧?"我听到莫得的声音。

黄昏已经慢慢地在天空游荡起来,她走过的每一点都留下了一道长长的泛旧的痕迹。

"走吧。"我站起来。

随着我们缓缓地登上去,夜幕也迅速来临。

到了塔顶之后,莫得突然大声喊了一句什么。我感受到迎面吹来的风。我望着整个巴黎,她的每一条街道,每一幢建筑,每一个时间留下的吻,每一盏闪烁的灯。再好的词语也无法形容。

这时候,我看到莫得突然跃上护栏,尝试着往上爬。

天哪。我吃惊地一句话也说不出。

奇怪的是,我并没有上前阻止她。

然后我就这样看着她,一点点地尝试着把身体探出去,然后双手猛地抓住上边的两根栏杆,接着,两只脚一前一后地迅速地跨上来,踩在护栏上,我开始一步一步地往上攀爬。

我一句话也不敢说,看着她。

然后,就在所有人还在留恋巴黎夜景时,莫得几乎到达了顶端——埃菲尔铁塔的真正的顶端。

世界是她的了。

我跟着她一路走下楼梯，最后站在她旁边，安静地望着她。铁塔好像在我们脚下旋转。

我们走进电梯。在这狭小的电梯里，我们贴得是那样近。我们各自偏过头，望着身后不知道的某个地方。突然，我们同时转过头来，我的鼻尖碰到了她的额头。我犹豫着，轻轻地笑了一下，然后低下头轻轻地吻了她。

她没有说话。没有任何表情。我的眼神躲闪着，紧紧盯着我的鞋。

我是在做梦吧。

我闭上眼。"回到几分钟之前吧。……求你了，就这一次。"我在那里异想天开着。

突然，世界寂静了几秒钟。

再睁开眼，我和她同时站在一个狭小的电梯里，旁边是拥挤的人群。一切回到了几分钟前。我望着她，笑了。

感谢上天！我甚至都快忘了那是什么感觉了。天哪，心像要跳出来了一样。我的脑袋突然间就变成了一片混沌。

就在电梯下降的某一瞬间，窗外一束光一闪而过，我们的目光又一次交汇。突然，莫得笑了笑，踮起了脚尖，轻轻地吻了我，就像之前那一个瞬间一样。

然后，我们都笑了起来。

但你应该知道，这两个吻是不同的。也许她永远不知道我在时间的旅行中，第一次吻了她。

我们望向窗外，谁也没有说话。我们眼神交汇，然后再也抑制不住地大笑起来。"刚刚发生了什么？"她一边笑，一边说。"不知道。"我耸耸肩。我真的不知道。

回去后，我向她挥了下手。"晚安。""晚安。"她懒懒散散地拐了进去，带上了门。我看着她，直到听到外面最后一声喇叭声也消散了。我摇了摇头，笑了笑，缓缓走进了我的房间。

我爱她。就像不是所有的花都有名字，也不是所有的爱都能被命名。

chapter 15
Part 莫得
下一站

2011.7.17
早上

今天去哪儿？

我醒来的第一个瞬间，这个念头像清晨的晨曦一样，在我脑海里闪烁。我轻轻笑了。

我稍微收拾了一下，像往常一样去敲了瑞安的门。

他一头乱发，还有明显的黑眼圈。过了一秒钟，他又笑了起来。

"你知道，香榭丽舍大街离我们很近吧？"他一只手撑在门框边。

我耸耸肩。"不用你说。我是个女生。购物是一个女孩最好的朋友。"然后挑了下眉毛，咧开嘴笑。

Chapter 15 下一站

我飞速地换了一件稍微看得过去的短袖衬衣。我想了想，干脆把手表进书包里。反正女生逛街从来不需要与时间有关的任何东西。

我们轻快地蹦了出去。各种商店正好开门，刚刚好。

我和他穿梭在一个个大大小小的商店里，试了一件件衣服，胡乱地搭配一通，然后望着同时从试衣间里走出来的怪异的彼此，放声大笑。

我戴着耳机，把音乐开到最大声，感觉全世界都在哼着歌。我推了一下他，然后在阳光下高兴地旋转了起来。他挡住半边脸，装作不认识我的样子。我笑了起来，拉着他又去往下一家店。

谁管呢。亲爱的，这是巴黎啊。

行走在巴黎阳光洒满的街头，周围人来人往，人们不紧不慢地走着。一个个咖啡馆在微风中安静地低语。坐在椅子上的人们欢笑着。咖啡的香味从杯中缓缓升起，苦涩又香甜的气息一下子萦绕在我的四周。

我们进了一家光线很昏暗的时装店。里面的女生看着就像一个个模特，在那里聚起来换装的时候，我差点以为她们准备登维秘的舞台了。走下长长的楼梯，一阵迷幻的电音传来。我像喝了酒一样被弄得七晕八转，出门的时候，一个长得很像 Ryan·Gosling 的小哥来帮我们扶住精致的大门。我闻到了一股清新的香水味，甚至就是一种商店里的空调味道，那是几年前，我吃了一道我最喜欢的菜之后，一个人在那个好天气的下午乱逛时闻到的气息。可是我就是突然兴奋地，甚至踮起脚来走。幸福总是来得那么莫名其妙。

走到 LV 总店门口时，我犹豫了一下，还是进去了。瑞安跟在一旁。

里面到处都是奢华的装饰，但这反而更让我注意到他们的包。我挨着一排一排地看，很奇怪，我一个明明只背书包的人，为什么突然被这些离我很遥远的奢侈品吸引。我用手轻轻地捧着一个个包，朝四周看了看，迅速翻了翻标价牌，然后死心地放下，但在转身时又犹豫与不舍地往回看几眼。

"喜欢吗？"当我正在翻动一个标价牌时，一个声音向我飘来。我害怕地抖了一下，结果不是瑞安，而是一个长得很结实的男人。我不好意思地放下衣服，说："还行。"他微笑着继续说，"要不要我送你一个？"我没弄明白，"什么？""我送你一个吧。"我不敢相信，但一下子警惕起来，"可我根本不认识你。"他笑着叹了口气，"没关系，会熟悉的。"然后递了一张名片给我。我犹豫着，一只手伸了过来，"给我吧。"瑞安笑着说，"也送我一个吧。"那个人没说什么，皱了皱眉，转身出了门。"什么意思？"我问。"你可以把那看作是间接地夸你好看。"瑞安眨了下眼睛。我突然意识到了什么,便尴尬得不再说话。

下午

我们几乎没买什么东西,但我们什么也没说。

我的嘴角慢慢上扬,然后咧开嘴笑出了声来。

香榭丽舍大街、凯旋门、埃菲尔铁塔、巴黎圣母院和罗浮宫。所有的这一切,由一条条快乐的街道完美无缺地连接着,交织在一起。

走进一家被几棵的树陪伴着的咖啡馆,周围瞬间就飘出那种磨了许久的咖啡的香味,与阳光和夏风混杂在一起,构成了巴黎特有的气息。

我从落地窗向外望去。

一切都刚刚好。

一首钢琴曲慢慢流进了我的心里。

天啊。让我留在这座城市吧。

让我和美丽、优雅与浪漫一同死去。

2011.7.17
晚上

我大口地喘着气。我甚至都不知道我为什么要爬上去。我的天,巴黎啊。

这是个很奇怪的想法,可我唯一能想到的只有这一点了。

我双手紧紧地抓住栏杆,望向栏杆外的世界。

塔下的城市星火闪烁。这场景连梦里都没出现过,因为我从未想过,我会出现在画面中,站在塔顶,让风轻轻吹过。

我有点发抖,用最微弱的声音挤了一句:"让我们都活下去。"

我为什么会这样说?真奇怪。

我听到有人在大喊。

是时候下去了——我可不想让自己在巴黎被抓之类的事发生。

"你对巴黎是什么感觉?"回去的路上,我问瑞安。就像吃一块薄荷糖一样,一面在它的甜里面迷醉,一面又万分清醒起来。

Chapter 15 下一站

2011.7.18
早晨

我斜靠在座椅上。"下一站，阿维尼翁……"我轻轻抬起头，广播里的法语让晴朗的天气又多了一分浪漫。

瑞安用左手支住下巴，右手搭在桌上，漫不经心地看着窗外。

阿维尼翁？

其实我以前从未听说过这个地方。我最开始还以为是一个小镇，瑞安告诉我，它是普罗旺斯最大的城市了。但其实到了之后才发现，某种意义上说，也可以称它为一个小镇。

我们刚走出火车站，立马就感觉整个人都被阳光笼罩了。阿维尼翁的一种奇异的安详感涌上来拥抱了我，我融化在了它的夏日时光里。整个街道很安静，来来往往的人的脸上都有一种平和的感觉，而与巴黎沉醉在咖啡与香水里的人们比起来，阿维尼翁多了一分闲适。

"我们先去旁边的旅店把行李放了再去逛一下吧？""好。应该也不远。"走下几段阶梯，拐个弯，那个旅店就到了。

旅店老板亲切地和我们说法语，我们望着她，一脸迷茫。后来，另一个老板走了出来，向我们用英语核对信息，才把钥匙——这是一把像几个世纪前开宫殿大门的木头钥匙给我们。

我们又开始闲逛了起来。整个城市都笼罩在一片绿荫下。过马路时也不用慌,因为这里根本就没什么车辆开过。我们走到街道旁,随便找了一家冰激凌店,我买了一个双球冰激凌,选了两个最鲜艳的颜色——瑞安差一点阻止我,因为他总觉得这冰激凌像涂了毒药一样。店员懒散地坐在柜台后,双眼放空地盯着各种色彩斑斓的冰激凌。

我们走出来,店门外是一条条狭窄的道路。明显看得出来,路有时间的印迹。道路两旁林立着各种小店,小店偶尔有人进出。我感觉这座城,像是突然间被时间遗忘了。

我瞥了一眼旁边的瑞安,他脸上的表情很平静。此时的他简直就是与这座小城合二为一。

我想起之前和卡雅也一起去过一个公园,那里的一切跟此刻眼前的场景是那么相似。过去的一切又被我重新打捞起来,我回忆着过去的一切。我记得她从走廊经过,碰到我的肩膀,我回头轻轻看她;我记得我在烈日下紧紧跟在她身后,隔了很久,才走上去,居然只是支吾着问她喜不喜欢猫;我记得我听说她喜欢吉他声,赶紧偷偷买了把吉他,每天下午拼命地练习弹吉他直到手起茧为止;我记得有次她坐我旁边,认真地看书,看着看着却忍不住笑了起来;她所有的大笑的样子,流泪的

Chapter 15 下一站

样子,生气的样子,脸红的样子,都历历在目。

也许,她完全不记得了吧。

你第一眼看她的时候,就已经觉得她很好看了,而当你越了解她,和她相处得越久,观察她越久,就会发现她整个人散发出一种美得令人眩晕的光芒,而这种光芒,不是来自她那看起来有点冰冷的外表,是来自她的内心,你一凝视着她,就忍不住而笑出来,她表面上似乎很自在地穿梭于人群中,其实并不大擅长与人长时间地深入交流的可爱灵魂,让她那总是红红的、挂着一对深深的酒窝的脸更加迷人,当她抿着嘴笑时,她那双清澈的眼睛里会向你涌来一种温柔到骨子里的东西。有时,你仿佛在她身上能找到电影里面月色朦胧下的纯洁少女的影子,但你很快就会反应过来,她就是她自己。她不像任何一个人,她和她轻轻地笑声一样,是唯一的。她是卡雅,我的卡雅同学。

chapter 16
Part 瑞安
阿维尼翁与曾经

2011.7.18
早晨

  之后我们去了一个树林。阳光从树叶叶缝里洒进来。她轻快地走在我前面，吹起了口哨。听到那阵口哨声，我的眼前总会出现夏季专属的清凉短袖衫。树叶摇曳，阳光寂静。她拿着两支冰激凌笑嘻嘻地靠在我身边。我是一直不大喜欢夏天的，直到遇见了她。

  我们也许在树林里待了很久。等到一切都喧哗了起来。成片的树林在夏日的气息中散发着迷人的光芒，笔直的公路上一辆车也没有。整个世界都在静静地聆听微风吹过树叶的声音。夏风的味道永远是那么纯净。她奔跑的身影像起伏的麦浪，有节奏地摇曳着。阳光照耀着

Chapter 16 阿维尼翁与曾经

整个世界,蓝天中,除了白色的云,你能看见的只有微笑。她悄悄转过头来,笑了。

我好像看见了一道光从我们之间一闪而过。

不要再问我什么是美好了,因为你将会遇见。

暗紫色的天空中,一辆飞机慢慢悠悠地无声飞过,闪烁着光芒。让我产生了我仿佛也在那上面的错觉——可我从未离开过啊。树林旁边有施工的机器有规律地发出"嗒嗒嗒"的声音。一辆辆车飞速穿过寂静的马路。远处,一栋栋大楼的灯光跳跃着。

一切又寂静了起来。

夜色中的树林,静默地隐入我的眼里。我靠在墙上,默想着所有的事物都在对我轻轻地唱歌。我在哪里,又有什么关系呢。

我带她来到一座小屋前。

小屋的颜色是纯白色的,落地窗打开着,风吹进来,窗帘静静地飘荡着。走廊顶上一盏小小的灯泛着淡黄色的光。整个房屋就是挪威风格,但旁边种的花,让我明白我还在法国。旁边草坪上停着一辆自行车。

"所以,我们今天就在这里住?旅店其实是给我们的行李住的?"她问我。

我笑了,点点头。"也许吧。"我之前一直没有告诉她。

苦糖

  我们简单收拾了一下——我们没什么行李，房间也是一尘不染。餐桌上还有一小壶咖啡，看起来房子的主人才离开没有多久，并贴心地烧好了一壶咖啡，尽管莫得不喜欢咖啡，但仍笑着倒了两杯，自己慢慢地喝了一杯。

  晚上，我把一个简易餐桌搬到院子里来，在上面放上些简单的晚餐和一些甜品。

  莫得开始放起了卡农。我整个人夸张地躺在扶椅上，闭上眼睛。空气里似乎有淡淡的薰衣草香。夜色开始笼罩，不知道今晚有没有星星。

  她嘴里唱着歌，暖暖的声音从她的嘴唇边滑出。吹着夏日的海风，我闻到了一股清新的树林的味道。

  我突然想起过去的事，笑出了声，把水都洒到了地上。

  我记得我们小时候，因为一些乱七八糟的小事，学校取消了一次外出，我们非常愤怒，去找来几个矿泉水瓶——恐怕有五个，全装满了水，然后趁校长办公室没人的时候，把每个地方都洒上了水——连电话也没放过。当然，我们放过了桌上一堆看起来很重要的文件，那时，我们好像紧张地交换了一个眼神——担心如果被抓到，这堆文件我们可抄不来，所以，除了文件，我们把其余的地方全都"清洗"了一遍。

Chapter 16 阿维尼翁与曾经

最后，我们打开门的一刹那，校长在门外惊讶地望着我们。我们异常兴奋地吼了声："跑！"然后就没命地跑起来。心跳的速度都不能用数字来衡量了，两个傻子觉得永生难忘的快乐与刺激。幸好校长忘记了那两张惊慌失措的脸究竟长什么样子，不然我们很可能小学都无法毕业。莫得听完，笑得花枝乱颤。

"我还记得，"她一边吃着烤肠一边说，"我们第一次一起逃课是在初中。好像那天的天气很好？对，我当时就问你想不想一起出去玩。虽然你第一秒的反应是'你疯了'，但下一秒我告诉你当天公园的冰激凌免费发放。你就毫不犹豫地答应了。然后我们小心翼翼地趁大量的学生涌进学校时从一旁溜出去了。当时，还被一个傻乎乎的男生看见了，我威胁他不准提前说出去。""你用什么威胁他的？"我打断她。"没什么，听我讲完嘛。"其实，我威胁他：如果他说了，我就跟所有人说他喜欢瑞安……

"然后我们就像两只脱笼的小鸡仔一样一蹦一跳地跑向了公园。免费的冰激凌——当然是我胡说八道的，但我仍然用我最后的零花钱买了十支冰激凌，我们坐在阳光下欢乐悠闲地吃起来。其实根本没吃完，因为到第七支的时候，剩下的冰激凌就已经化成糖水了。接着，我们躺在草坪上，看着一朵朵的云安然地飘来飘去，就是不落下来。一直到下午我们才被揪住，又像两只小鸡仔一样被一个老师提回了学校。我笑得颤抖起来，揪住我的那个老师小声地惊呼了一声'这个人彻底没救了'。现在我想说，她说得简直太对了。"我笑了起来。

篝火就那样自顾自地燃烧着，过去所有的一切都氤氲到我们的灵魂里了。

我突然意识到，以前，我和莫得在一起时，不论发生了什么，我都从来没想过要让时间倒流。我迷茫地望着她，看着她的脸在篝火映衬下朦胧起来。

我们一直聊了很久。世界是荒唐的，可我们是美好的。

2011.7.19
上午

莫得说她要去商店买东西。我说我等她。

我在等她时，去老城区逛了一下。有座建筑因长期的日晒雨淋和无人护理，洁白的表面已经变得灰头土脸。周围斜斜地立起了一些防护栏，做着些无用的支撑。

周围熙熙攘攘。我一边走一边看着。

有个算命的人摆开了一张小桌子，立起一块小的牌子，在为一个看起来有些憔悴的女人算着她的命运。真

Chapter 16 阿维尼翁与曾经

好笑,"命运"这种东西,怎么能预知呢——可我也有点犹豫起来,我的命运,我这破败不堪的一生,最终会是怎样呢?于是在那个女人走了之后,我走向他。

太阳很大,我坐下。他打量了我一下,拿出几个装着许多竹签的竹筒,让我挨个挨个地抽。这时,我突然想起了那个老人——那个穿着灰大衣的老人!我打了个冷颤,可当面前算命的人用他的黑色眼睛平和地望着我时,我心里又安稳下来。

当他把抽好的几根签摆在桌上时,我突然开口,"无论结果如何,能不能不要告诉我最终结果。"他抬起头,惊诧地问:"什么?""我的意思是,不要告诉我,我的命运的最终结果。我还想怀着一种新鲜的心态去度过我漫长的人生。告诉我一些预知性没那么强的就行了。"他笑了笑。"我本来就不可以知道那么多。"然后他埋下头,紧紧地盯着那些签。我深吸了一口气,突然好想抽根烟。

过了一会儿。"分离。"他告诉我说,"还有虚假。"我回过神来:"什么?"

"我已经和她分手了。"我心想。还有,"虚假"又是指什么?

我好奇地问:"是不是所有的算命师都会像电影里一样为了保持神秘,只能说一些词语,让人胡思乱想的那种?"他笑了。"如果你坚持这样想也没有关系,你甚至可以觉得我也和你一样,对这些其实什么都不懂。"

我突然害怕起来。虚假,如果我自己就是假的,会怎样?

但我随即否定了这个想法。真是太可笑了。

"但是年轻人,记住一句话:所有的偶然,都是必然。"

我笑了笑,付了钱,转身走了。

果然,那种算一下命就可以发生人生大逆转甚至找到真爱的故事真的是电影里的男女主角才会有的,而我,只是在这个炎热的下午多了一个说话的人而已——其实也没说几句。

算命师旁边有一个卖着各种小玩意儿的手艺人,在他旁边还有一个抽奖游戏。一般都是假的,可你还是会在把手伸进箱子的那一刻感到很紧张,因为你并不会知道接下来会不会有奇迹出现,这就是未知的力量。旁边还有一家宠物医院,里面的小狗会在有人进去时有气无力地叫一两声。

太阳光照了下来,让人脸庞发烫。

斑驳的锈迹掩映在老墙上,若隐若现,在夕阳的照射下,总是让人想起所有曾经发生过,特别是现在不可能再重演的事。这也许是回忆如此珍贵的原因吧。想象着，似乎有个人半倚在墙边，用迷茫又神秘的眼神注视着你。当你转过头去看时，那儿却是空无一物。你眯起眼睛，若有所思，似有所失。

chapter 17
Part 莫得
我想留在这里

2011.7.20
下午

  我们去超市买了点东西。超市冷得让我怀疑自己一下子穿越到了南极,然后我就丢下瑞安冲出来暖和一下手和脚。"这里的水怎么那么便宜?我两欧元居然买了一提。""那是因为矿泉水不是人工的。"一点不假,晚饭时间,我们去了阿维尼翁广场,一瓶商店里卖一欧元的可乐倒在杯子里一下子就收了我们六欧元,我和瑞安交换了眼神,决定下次绝对不买任何与"人工"有太多联系的饮料。

  晚上,人多了起来,广场上很热闹。人们快乐地聚集在一起,喝酒、聊天。这里的一切,都感觉特别亲切与熟悉。

"我以后要出版一本书。"我望着他。"什么样的书?""在我要学着别人写赠语的时候,我要写你的名字。"

"你应该写'献给我亲爱的生活',亲爱的,真正能陪你的,是你这该死的生活啊。"他眯起眼睛笑了。

我夸张地吸了一口杯子里的柠檬水。"还有,万一我们真的在一起了,我一定把它写进我的书里,毕竟我从未预料到这一点。那么,这本书一定会有一个最精彩的故事,因为结局连作者本人都没有预料到。"他挑了下眉,"哦,真的吗?但我可是设想过的哦。""神经病,我闹着玩的。""我知道。"我有点紧张地望着他,他突然笑了出来。

2011.7.21
早上

第二天一早,我就和瑞安一起去看薰衣草,薰衣草没有想象中的那样漂亮,可能我们已经错过花期了。

同行的那几个人说要去旁边买些与薰衣草有关的产品。应该是精油一类的东西。

天气有点闷热。我们问:"有人吗?"楼上传来"嗒嗒嗒"的下楼梯的声音,一声干净的"coming"传来。

一个把浅咖啡色头发简单盘起来的女孩笑着走过来,问:"有什么可以帮忙的吗?"

不知道。这种感觉似曾相识,我感到头晕,我曾经在哪里看到过那样的微笑,带着淡淡的薰衣草味——

"天哪,这薰衣草味也太浓了吧!"一起去的人当中,那个从不把墨镜取下来的女人尖叫着,"我感觉头晕,快要窒息了!""抱歉,我们正在酿薰衣草液,所以……"哦,这样啊。我从自己的回忆里抽离,看着旁边三个拼命用手扇着风的男人。

我在旁边站了一会儿,女孩的爸爸出来了,然后接过女孩手里的各种装有香水的瓶子。她闲了下来。"嗨,"我慢慢走过去,"嗨。"她笑得更灿烂了。"我觉得……我以前看过你。大概在一本杂志的封面上吧。"我犹豫地说。"不是《老年生活》吧?"我笑了起来,"不是。""你是德国人?""不是。"天哪,难道我已经有德国口音了?"帕里。""哦,我知道。离这里还是有点距离的嘛。""你在读大学?""对。现在放假,回来帮忙。你也是吗?""很不幸,我仍在读大二。我不是放假,我是逃跑过来的。""那你的老师一定很难过。"她竟然没有再多问什么。"有点儿吧,毕竟我选的大多数课程本来人数就很少,而数学课,估计我的老师要为他少了一个可以嘲笑的人而伤心了。"她笑了起来。

Chapter 17 我想留在这里

"你喜欢普罗旺斯吗?"她问。"当然喜欢!在这里的阳光下,我总感觉,自己驾着一辆敞篷的亮黄色的车,驰骋在阳光大道上。我突然站起,放声大笑。前方是无尽的空旷道路。头顶是天空……"

"四周有无限的可能。感觉像在这里住了很久一样。"她笑起来。我望着她,终于觉得认识了她。

"我带你四处转转吧。"她见我发愣,转过身,往前走了几步。"那是我的房间。"我顺着她指的方向,看到她的房间窗帘上挂着一串风铃。"风铃声真的很好听。像小孩子的笑声。""谢谢。我爸爸说,总有一天他要把它丢下去,让他能睡个好觉。"她摇摇头,笑了。

我们穿过她家的后院,看到她的那片小花园里种满了各种颜色的花。低矮的淡蓝色栅栏轻轻围住它们。一只黄色的大狗突然冲上来,温顺地把前爪搭在她腿上。"你很喜欢狗吗?""还行。其实我只喜欢我的这只狗——他最听话了。"她俯下身,摸了摸它的头。

"你笑得很好看。我很喜欢阳光,海浪和成片的麦浪。你的微笑里刚好都有。"我笑望着她说。她轻轻抬起头望着我,"啊……我很喜欢听你说话啊。"她偏着头对着我笑,然后我突然很不好意思地低下了头。

我犹豫着说。"我很快就会离开了。""我知道。你是旅行的人嘛。""所以,我还是不问你电话是多少了吧。

因为这种偶然的相遇,还是当作回忆更好吧。"说完,我皱了下眉。

"但毕竟所有的偶然都是必然。所以我们的偶然相遇也是一种命中注定的事。"她拍了一下我的肩膀。

"如果我要走,我真想把你当作我的行李随身带着,感觉这世界上的每一处风景我都想与你分享——不知道你愿不愿意。"说着说着,我笑了。"愿意。可我甚至都不知道你的名字啊。"她有点遗憾地望着我。"没关系。反正名字不重要。"我该走了。她陪着我走了几步。

"再见。"她准备转过身去——有新的人来了。"我明年还会来。""我在这里等你。"此时,我感觉一阵风吹过来,沁人心脾。"好。"她犹豫了一下,回答说。

我又独自逛了一会儿,然后我们坐车离开了。我看见她,在看到我们的车离开后,使劲地挥了下手。短暂的一次次相遇总是那样的奇妙。

普罗旺斯,一下子就坠入了我心底。

突然,我想留在这里。

我望了又望远处的她,看着车渐渐开远,我什么也没说。

chapter 18
Part 瑞安
海边

2011.7.22
上午

"世界是普遍联系的。比如：

一提起音乐，我就想起咖啡馆里烫到冒烟的咖啡。

一提起塔与夜色，我就想起巴黎。

一提起夏日，我就想起海边与树林。

一提起晴天，我就想起你。"这时，莫得睁开眼睛，诧异地望着我。

"哲学真美妙啊。"我笑望着她。"神经病，我在睡觉。"然后她就又睡了过去。

身边人群熙熙攘攘，我们艰难地拽着我们的背包穿行其中。

"我能猜到我们到了哪里。""你当然猜得到,莫得,那么大的一个'尼斯'的站牌写得那么清楚。""不,你不觉得火车整个周围的感觉都变了吗?感觉那股薰衣草的香味消失了,然后是一股海风的清新。好吧,也不只是清新,更多的是一种热情,就像……"我们走出去,看到许多穿着短裤、戴着墨镜的年轻男女在那里大笑,手里拿着酒瓶。

然后我们往外走。旁边的海滩映到我的眼里。

"就像尼斯的海滩一样。"我点点头。

其实,我之前对尼斯一直都没有太多的印象,以为尼斯就是无边无际的海滩。

我们开始在这看起来永远也到不了尽头的海边跑起来,她还唱起歌来。然后,她冲进海里捧起一捧海水快速地泼到我脸上。我大笑起来。

尼斯的海边,人慢慢多起来。各种各样的人,有的拿着冲浪板走到海边,有几个男生戴着墨镜,大笑着,让古铜色的皮肤在阳光下接受日光浴,旁边躺着几个在堆沙的年轻情侣,几个手里拿着冷饮的女孩走过。沙滩上,阳光越来越透明,空气越来越清新。我倒在柔软的沙滩上,嘴里进了沙子。莫得笑嘻嘻地干脆帮我又抹了一把在肩膀上。

巴黎适合流浪,普罗旺斯适合定居,尼斯适合做一个傻子。什么也不用想，躺在沙滩上一整天就好。

"喂，我说，要不还是先去看看酒店是什么样的吧。"

"好。但其实那不是一个酒店。"

那的确不是一个酒店，是和别的居民住房没有什么差别的低矮楼房，静静地"站"在海的对面——隔了一条窄窄的马路，一种很温暖很阳光的风格。门口停了一辆天蓝色的自行车。它在尼斯的环城马路旁边，穿过马路就可以到达对面的海滩。

旅店老板却和这里的热情显得格格不入。"您好，我们之前预订了两个房间。""把名字写一下。这里。"他用手指了指。"你们这里有早餐供应吗？有些什么？""有。""会有法棍面包吗？""有。""还有什么……""好了。钥匙。有什么叫我。愉快。"我及时制止了想要继续说下去的莫得。

"怎么都不说话……而且，愉快？难道现在流行不加上'祝你'了吗？"莫得一脸埋怨。"嘿，可能别人只是心情不大好而已吧。况且我们的目的不是来住旅店，对吧？"

我们把行李拿上一个长长的木楼梯。房间还可以，打开窗就能看到大海，看到街道两旁的热带风情的树和沙滩上奔放的人。

其实，我对海不怎么感兴趣。只不过，我能看出来莫得喜欢。

我们先暂时在旅店里待了一会儿，为了避开下午两点过可怕的太阳光。我们居然无聊得用座机打起电话来——尽管就在隔壁。

后来，莫得干脆看起了电影。过了很久之后，我看到莫得给我发了一条讯息：

一个人的一生，往往都会像电影《安妮李斯特的秘密日记》里的安妮那样，遇到四种不同类型的爱人。

第一个，是最爱。惊艳了时光。第一个爱的人，也是爱得最深沉的人、对其付出最多的人。不论玛格丽娜怎样抛弃她，安妮总是在她一次次地离开，又一次次地回来后，燃起一丝丝希望。但安妮是一个渴望另一半能和自己长相厮守的人，所以，在最终看清对方的所有承诺都不是出于爱的时候，只好在缅怀这份逐渐褪色的爱情的同时，不舍地慢慢把手松开。

第二个，是爱自己，但自己不爱的人。温暖了寒冷。那个充当安妮一生挚友的人，那个在安妮失落、痛苦时总能给予她安慰的人，那个深爱安妮却永远得不到安妮的爱，但却总一面说不会干涉她的幸福，一面暗自悲伤的人，用尽自己的一生来渴望着得到那个不属于自己的人，与那个远方的人相爱，最终迎来的只有无限的惆怅。

Chapter 18 海边

  第三个，就是在安妮觉得生活无味、心灰意冷时突然出现的一抹明丽、一闪而过的亮色。点缀了生命。布朗小姐就是这样一个人，在安妮心灰意冷，在教堂里把希望寄托在她身上，也给予了她无限希望与关于未来的无限可能后，奋力想要抓住安妮，但年轻、单纯、善良的她，似乎就只是个在爱的空缺时期最好的替代品，她不明白，当玛格丽娜一时兴起回头时，安妮立刻松手，朝她自以为的真爱奔去，留下被安妮的才华迷得神魂颠倒的布朗，在原地不知所措。她并没有错，错在命运注定她只能是一个过客。

  最后一个，便是那个最适合天长地久地在一起的那个。融化了岁月。当安妮希望有个人能与她共度余生时，安便静静地出现在了她身边。她不是最漂亮，不是最可爱的那个，可她，只有她，能给安妮最好的陪伴，在她的生命里点亮一盏明灯。她最终成了那个能和安妮共享生命的那个人，那个上天派遣来，注定拯救安妮的人。等待是最浪漫的告白，陪伴是对当初那份纯真与执着最好的回应。也许她并不是安妮最爱的那个，但是最适合她的那个。

  我想着，我生命中那个合适的人呢？我一直觉得我的一生会被一个人永远占据。爱上她之后，自由就和我告别了，因为我知道我会和她分开的，而我也会永远想她。但她一走，我就像一条可怜的鱼，被丢到了无边的沙漠里，在那里徒劳地挣扎，可笑，无助，又让人反胃。……我为什么要这样活下去呢？……

"你还看过什么好看的电影没？"我回复她。"看过一些。我还记得有一部电影，不算好看，但结局很有感触。之前只是为了 Cara·Delevigne 看了她的《纸镇》，但一看完，心里突然有种说不清的感觉。结局是 Margo 离开了 Quentin，但我觉得对双方，这都是一个最好的结局。Margo 找寻自己的内心，寻找那个在夜色中的疯狂中迷失的自我，而 Quentin 还有更好的未来值得期待。也许在将来某一天，他们还会在这个小镇见面，只不过他们不是相爱，而是在突然看到对方后，回忆起与对方一起疯狂的那一个个瞬间，然后温暖地相视一笑。

其实之前我每次看电影或是看别人的什么感想评论，总觉得这些根本不可能发生在自己身上或只是可笑的无病呻吟。但当你经历过后，你才会懂，那是真的。那些你认为矫揉造作的东西，你在经历过生活的洗礼后，那些以前被自己嘲笑为造作的情节，现在，看着看着却要哭了。"

她停了一会儿。"你难道一点也没有对其他人——除了蕾娅以外的人——动过心吗？""当然有过。我曾经很喜欢一个人。后来的结局也是简简单单的，就是她牵着

Chapter 18 海边

一个男孩,在那个干干净净的冬日,那个清瘦的背影,和我在一起时我从未见过的羞涩的笑容,随着我的目光一起离开了,消失在了一片梦境中。——就这么干净纯粹,没有哭泣与抱怨。只有我目光中的一声叹息。"然后我又陷入了回忆,可是并没有太多太深沉的记忆,但我仍然有些难过。最痛苦的不是不堪的现实,而是过去一幕幕的美好回忆反复在脑海里放映,让人简直难过到窒息。

我问莫得,"你呢?——你曾喜欢过谁吗?"莫得笑了一下,"比起爱人,其实被爱的感觉可能更好吧。真的,有时被爱是一种很棒的感觉,远远好过去爱一个人——这样说吧,你爱一个人,会不停地想那个人,是带着点痛苦的挂念;而你被爱,也许你也会偶尔想到这事,但是是一种略带甜的感觉。因为你被爱。因为有人爱你,你反而会更努力地去完善自己。我讲不清楚原因,还有可能就是你爱的人,也许你知道不管你怎么努力,那份感觉没到,就是没有结果吧。"

等到太阳光稍微弱了一点之后,我们走了出去。因为莫得从来不涂防晒霜,她说那感觉像被裹上了一层油一样。为了避免她被晒得脱皮,严重得跟之前她去意大利一样,我们才不敢较早地就在大街上自由自在地享受对于她的皮肤来说,可以称得"可怕"的日光浴。

虽然我们都对海鲜没什么好印象，吃完了一个过敏一个呕吐，但这次还是决定尝一点尼斯的海鲜。

"瑞安，你吃扇贝的样子，真像在吸白粉……"我翻了个白眼。因为在我们点了的东西当中，我似乎只能吃扇贝和生蚝，然而生蚝实在是让我有点反胃，感觉生蚝在亲吻我那么奇怪，所以，扇贝显得格外美味。

我们就穿梭在尼斯热闹的各种街道里，听着周围的人说着听不懂的各种语言。

我们慢慢走到海边。海边的酒吧里已经开始有人在唱歌。海滩边也有人直接搭起了一个乐队，在那里表演。人们就围上来看。

在这个夜晚，我站在海边。

以前的每一幕都随着海风被带来了。

我记得我和她一起坐在广场大街旁的咖啡店门口，我拿出相机笑着说要给她拍张照。她没说话，但嘴角轻轻上扬着，安静地望着我。那是个晴天，阳光很轻。

我记得我和她一起搭上一列不知将要去哪里的火车。我们疯狂地笑。她把头伸出车窗外，两只手拼命地挥动着，我们放声尖叫着，大吼着。就在经过那片树林时，成片的夏日的树叶摇曳着，半边阴影投下来，一次又一次地从她的脸颊上晃过。我轻轻地从后面抱住她。

我记得——

Chapter 18 海边

我曾经告诉过她,我做过这样一个梦。梦里,我安静地走在一条街上,身后传来她熟悉的呼唤声,我一扭头,连她的一个影子也没见踪影。我不顾一切地、糊里糊涂地跑上前去追她,穿过大街小巷,天边甚至开始泛起亮光,我最终还是没有找到她,没有看见她安静的眼眸,那感情是如此强烈,是如此想再见她一面。

记得她偏着头听着我说完,笑了:"嘿,我不是在你面前坐着吗?"

而我的梦,竟成了现实。

然而,一切的回忆都是那样汹涌,我无法阻止。我也不愿阻止,就这样吧。让我看清现实,让我明白,我是怎样让我生命中最重要的那个人,慢慢离开我的。人生明明那么长,我却早已开始幻想和你一起慢慢变老的场景了。和爱的人一起慢慢变老,会发现生命慢慢变长了。——可惜那只属于过去了。

就这样吧,亲爱的蕾娅。

我渐渐地沿着海边走,带着曾披在你身上的衬衣,沿着我们曾双手紧握的那片沙滩,哼着你最喜欢的那首歌,想着再也见不到的你。

我做过的唯一正确的事情,就是爱过你。

而你离开了。

但其实,没有你的冬天,也并不会更冷。

只是颜色更浅了而已。

人生短暂,所以根本没有必要浪费时间去哭泣与难过。

我也不想再去考虑我是否放下了,因为至少这一刻,我没有。但下一刻,我就不知道了,每一刻的我都是不一样的了。

傍晚,我们沿着灯火闪烁的热闹的马路走回去,周围我一个人也不认识,但这感觉就像在酒吧里狂欢时一样,明明你谁也不认识,但你觉得好像有无数的人在陪伴你一样。

"嫁给我吧。"

那晚,我的幻想里,一遍又一遍地回响着我说这句话时颤抖又急切的声音。

海边、白衬衣、海浪、钢琴声、晴天和沙滩上的大大的爱心,几束简单的、白色的鲜花放在一旁聆听。梦中那个场景,梦中的你,穿着一件简单的衣服,甚至都不叫一件礼服,在那里一边哭一边笑,望着我,等待与我成婚。

那个浅浅的笑容,在我的脑海留下了深深的印记。那个将和我共度一生的人,此刻,在我的脑海里,就站在我眼前,而我拼命地闪过未来无数美好的、可能的画面,呆呆地望着她。

Chapter 18 海边

"嫁给我吧。"

海风吹动着周围的一切。

世界都在等待着她的回答。

可惜,我还没等到她说"好",风已经停了。

脑海中的雾散开,眼前的海边又清晰了起来。

"想象着有一天,我在那个梦中的海边,那天天气很好,海风很干净。我坐在沙滩上,穿着白色的裙子,手里捧着一束纯白的花,花有股清香。我在等待着我人生中最重要的一幕上演。我和我爱的人以及我们的婚礼。然后我会紧张地闭上眼睛。但好笑的是,我甚至都不知道有没有那么一天,我甚至都不知道我能否遇到能和我生活一辈子的人呢。"莫得突然对我说。我笑出了声。"时间还没到,有什么办法嘛。"

我们往回走。

"我在想一个问题。"莫得说,"每当我们做梦,梦到我们濒临死亡时,最多也只是梦到死亡那一瞬间而已,紧接着就是一片黑暗了。再然后呢?可能会挣扎着惊醒,可能会在惊魂未定中又昏睡过去,进入下一个全新的梦境。可我们从没有梦到过死后会发生什么。我们的灵魂会离开我们的身体吗?我们的记忆会在下一秒被清除吗?没有人知道。但其实,更大的可能是,在我们的梦境里有一股力量在控制着我们的梦,它属于自然界,因此,它不能让我们知道不属于我们这个世界的东西。"

我也无法回答她。我对这一切想得太少太简单。我总感觉，一切都不是我们去想就能改变的。

尼斯的这片热闹的海滩，为什么会让我们联想到遥不可及的婚礼、爱情与死亡来？真是太奇妙了。

2011.7.23
上午

老实告诉你，我们疯完之后就开始迷茫了，因为我们剩的钱不多了。但我们准备干脆把剩下的钱用完再回去。

"我们可以再去一次巴黎。"我不可思议地望着她。"你真是疯了，为什么还要去一次？""迪士尼啊！我们去了巴黎，居然没去过迪士尼，不免有点遗憾。"

好像很有道理。

我们把钱全部摸出来数了一下，"还要算上路途的车费。还有回去的车费……无论如何，我们始终是得回去的，对吧？"我无奈地按着计算器的又一个减号。

"还差二十欧。"我叹了口气，"我们去抢银行吧。""你为了二十欧要去坐牢？""当然不是，我肯定要抢一口袋的钱，然后去LV店买完所有东西。""一口袋钱也许只

Chapter 18 海边

够买一个包……"我认真地点点头,望着她。气氛一下子尴尬了起来。然后莫得说:"不然我们今晚可以出去转转,去个酒吧什么的,看看有没有需要……""你难道要去……""神经病,我是说你。"我惊恐地看着她。"我是说你可以去酒吧当临时工或者上去表演一下什么的。"

我挑了下眉毛,质疑地问:"为什么你不去?""首先,我讨厌上台表演。其次,我表演什么,美女和野兽?"她还指了指我。我翻了个白眼:"你总是有道理。"她拿起包,说了一句:"走吧走吧。"

很幸运,那天有家酒吧的专门表演的人因为醉得太厉害没办法来唱歌,所以,莫得毫不犹豫地向酒吧推荐了我。但她转过头时发现我不见了。我隐匿在了人群中,假装看不见她——当众唱歌会要我的命的。她回过头来,不好意思地望着那个人笑了笑。"你好,我就是瑞安。"她说。我一下子笑出声来。

酒吧里面特别嘈杂,她接过吉他缓缓地走上了舞台。音响发出一阵刺耳的滋啦声,然后,世界静默了。

"Drink too much finally we die young."

当她弹起她自己写的那首歌时,我突然很想哭。

我想起了电影 Begin again 里面女主角迷失纽约街头的样子,但是音乐响起时,我又觉得她什么也没失去。

她在纽约,我们在巴黎。

我们都很年轻,也很放纵。

"Never be a part of the world."

窗户外,黑夜缓慢地迈着步伐离开,日出仿佛将要来临。

她弹奏的吉他声还飘荡在房间里。

我看见她对着我笑。

"嘿,我们有四十欧了!我们还可以拿多余的钱出来买吃的。"她走下台,激动地抱住我说。我笑了,"那你想吃什么?——别告诉我是……""冰激凌。"唉,我就知道。

不敢相信,我们又坐上了重回巴黎的火车。

"你的那首歌……""我知道,好极了。"她得意地笑了。"我还什么都没有说呢。你怎么那么自恋啊。"我笑着叹了口气。

我们先在巴黎火车站旁睡了一晚,第二天,迷迷糊糊地买了点早餐就去了地铁站。

其实,巴黎迪士尼和香港的差不多,过山车、主题公园、卡通人物游行队、印有米奇头像的冰蛋糕……唯一不同的就是周围分别是说法语和粤语的人。

其实,迪士尼里的各种童话,在我的眼里都不再那么单纯和美好了。在成长中,我似乎渐渐丢掉了纯真。我渐渐失去了一个孩子的干净的快乐。我圆滑地顺从这个世界，以沉默或谎言来应对一切。我的心已面目全非，然而让我们更恐惧的是，即使这样，我仍一无所知。我的心像是被硫酸侵蚀过一样，千疮百孔地嘲笑着自己。

除了莫得在坐过山车时夸张的尖叫以外，我只记得晚上各种颜色、各种形状的烟花。

我感觉我的生活就像越狱一样惊险刺激，又处处都是风险与威胁。有的人不到生命最后一刻都不会珍惜生命，而烟花升起的那一刻，我望着莫得，突然想拼尽全力去抓住我的生命。

"你好啊，瑞安。"她迷迷糊糊地说。"你好，莫得。"然后她把头靠到了我肩膀上。

从迪士尼出来后，我们昏昏沉沉地回了旅店。我拿出手机，订了后天回家的火车票。

2011.7.24
上午

之所以不选择今天回去，是因为我们要去见"森先生"这个人。之前我们和他在网上聊过。他住在巴黎，我很想去面对面地见见他。于是我们去了他家。

他的家是那种小木屋的类型，不在巴黎城区内。

"森先生究竟是一个怎样的人？我很难想象。""总之,是一个很有故事的好人。"在车上,我笑着对莫得说。

森先生在车站站台等我们,我们向他走过去。

"假如你要向半个盲人描述他从未见过的红色与蓝色是什么样的,你要怎么说?"森先生突然问道。

"这很简单。红色是爱,蓝色是爱过。"莫得回答。他突然大笑起来,摘下墨镜。我看到了一双深邃但几乎无法聚焦的眼睛。"我喜欢你的回答,——莫得?""你好呀。"莫得说着,望了我一眼。

偌大的房子,他一个人住。"你不会觉得孤独吗?"

"我并不孤独。我只是孤单,一个人形单影只而已。当一个人孤单久了,就习惯了那种一个人的生活。在夜深人静时关上灯,安慰自己,真好,又过了一天。看来一个人生活也没什么嘛……想着想着,悲伤已爬上了枕边,与你同眠。"他笑着擦了擦眼镜。我和莫得都没有说话。

房间很漂亮,一切都被染上了一层浪漫清新的气息,但是那份空荡始终徘徊在每一间房里。整个给人一种20世纪的怀旧色彩。

其实,"怀旧"已经不能再被定义为上了年纪的人思念过去美好的事物或渴望回到过去的时光的一种感情了。在我看来,那已经是一种情愫,就像是在某个阳光洒到

Chapter 18 海边

你四周的下午,坐在窗边,突然回忆起了一段时间前发生的一些小事,这样那样的生活小片段,意想不到的某些人突然闯进自己的眼帘与内心的一个个瞬间,像上世纪的老电影一样开始缓缓地转动脑海里的放映机,开始欣赏那一个个画面。

"之前我一直不知道一个人孤独一辈子是什么感受。想想,一个人上班,穿过热闹的大街,一个人吃饭,一个人在黄昏望一眼夕阳,打开电视,吃着再简单不过的速食事物。然后,直到生命尽头。那是一种怎样的感觉?"他的双眼瞬间充斥了忧郁的色彩,"后来我才知道那种无法用语言形容的感觉。"我们跟着他上楼梯,来到阳台上坐在一张很精致的小桌子旁边。他给我们倒了些玫瑰花茶。"原来玫瑰花泡水,并不是玫瑰花让水变甜了,而是加进去的糖。"他笑了笑,"你们喜欢喝茶吗?她就很喜欢。"

其实,这个"她"就是他的妻子,五年前因病去世了。

"你是怎么追到她的——你的妻子?"我犹豫着问他。"这个问题真傻。但我不知道。"他爽朗地笑了一下。"是因为你会说很多动人的情话吧?"莫得笑了起来。她之前看过森先生曾经写给他妻子的信——在追求她的时候。

"情话每个人都会说,你情话说得再好,仍然会有无数个擅长说情话的人来取代你的位置。你要让她真正喜欢你，喜欢你这个人，喜欢你的灵魂，直到有一天，你连话都说不好了，她也会满眼笑意地望着你，因为你的灵魂从头到脚都在对着她说'我爱你'。"森先生的双眼里泛起笑意，幸福地说。

"'祝你能被所爱之人爱'——她在新年时走过来这样祝福我。'那是最简单的事了，只要你说我也爱你。'我双眼凝视着她。突然间，她不说话了，时间像卡住了一样。接着，她上前吻了我。那个新年真是难忘啊，"森先生笑着叹了口气，"我记得在我们恋爱不久后，我感觉她喜欢上了另一个人。而那个人什么都比我好。我告诉她，'就连在万物生长的春天，也会有那么多的落叶纷纷飘落。因此，在热恋时期，对爱情产生动摇，也就不那么奇怪了，我是说，亲爱的，如果你不再爱我，我不怪你，只是我希望你告诉我。'她停了一下，说，'我觉得你现在就像个傻瓜。'然后她笑了。我突然安下心来。

之后的那个情人节，'情人节要到了。'她说。'所以呢？我难道没有让你每一天都过得像情人节吗？'我开玩笑地说，然后赶紧走出去给她买玫瑰花——我那天有事忘了。但很不巧的是，花店只剩了最后一朵。我买下后，阴郁地走回去。'情人节一次只送一枝玫瑰又有什么关系呢，反正你还会继续送我八九十年的啊。'她接过玫瑰，

Chapter 18 海边

这样对我说,眼里都是笑意。突然,在夕阳的余晖洒下来的那一瞬间,我立刻就明白了那个愿意和我共度余生的人,就站在我眼前。不久后,我就向她求婚了。

那么多束目光向你投来,而你永远只朝那一个点看去,那就是喜欢吧。而你在一个无比黑暗的环境中,还能清晰地看到她的模样,感觉得到她的一举一动,那就是爱吧。"我明白了爱的真正含义。当你真的爱一个人时,你不应该卑微得像一根杂草,也不应该仗着这份爱无所顾忌地张扬起来。你应该明白"责任"这个词,与爱永远挂钩,是不骄不躁,不卑不亢,不悲不喜,不背不离。

"我们曾有过那么多完美的时光。我和她喜欢散步,在热恋时,在我和她刚结婚不久,在我们有了孩子之后,我们总是手牵着手。即使嘴里还吵着架,手却仍紧紧牵着。只是……那些是回忆,还是只是现实的另一面——我从未彻底看透的一面?我真的不知道。然后我发现,婚姻就像一杯茶,你觉得它喝着喝着就淡了,其实茶的真正的香醇,正在随时间慢慢发酵。我以前一直以为,婚姻是短暂的,但爱情是永恒的,直到那一刻我才明白,它们是不矛盾的。世界上什么都可以是永恒的,只有时间不行。它会莫名其妙地消逝掉。"我看见森先生眼里闪烁的光突然消失了,再一次黯淡得像黑夜。

"我难过的,并不是事情本身。而是当事情发生时,她并不在我身旁。她离开了。最开始,我以为自己不会疼。但是当我清楚地意识到这个和我一样念旧的女孩是永远离开时,我突然疼得感觉世界都黑暗。他们说初恋是美好的。是啊,当你和初恋走进婚礼殿堂,当然是美好的,但当你们分开后,那种痛也不是一天两天能好的。有的人,甚至会用自己的一生来痊愈啊。你瞧我,我花了我人生的那么久,才勉强忘记了她的样子而已。可当我走在街头,看见一个个背着背包,骑着自行车的女孩,我反而会更加想她。这样看来,尝试着忘记,反而加重了我的疼痛。"

"那你有没有后悔遇见她?"莫得问。

"本来,我那时的生命里的一切几乎都按照计划如期上演。这个'几乎'之外的,就是,诸如遇见她这一类的事。真是意外啊,那么完美的一个她,我能遇见。所以,我怎么会后悔呢。"

"她到底有多漂亮啊?"我好奇地问。

"如果她站在桥上看风景,别人根本顾不上去看风景了。"他又露出了笑容,"那时,我还能清晰地看见一切,有幸能看见她。而且她很奇怪,总喜欢听着摇滚乐入睡。她说她的灵魂在那时才能在清醒中混沌过去。现在,我竟也慢慢养成了这个习惯,真是想不到啊。"

Chapter 18 海边

"其实那些轰动的爱情毕竟只是电影中的人才拥有的,而我们最重要的,就是经营好我们的一生。"我对森先生说。森先生点了点头,又摇了摇头,"可我觉得,我的生活,因为她的加入,变得像一部完美的电影了。"

"我的女儿,很像她妈妈。"他给我们看他女儿的照片,我发现旁边是他写的日记:

我的女儿,正坐在我身旁。她反复地折叠着纸边。她的心绪早已不在这里了。

她知道,很快,外面的喧嚣将会蜂拥而至,像野兽一般吞噬自己。她不想去知道还有多少时间,让她一个人待在自己的世界里。此刻,只有她一个人。下一刻,身边也许就会有无数的人朝她涌来,只是,她的世界里还是只有她一个人已。她不是患了抑郁症,她只是想和自己说说话而已。外面太吵了。她只想安静做自己。

"她以前有一点抑郁症。"森先生遗憾地点了下头,"现在好多了。我很高兴她能接受这个世界了,尽管她还是有点怕生。"他有点抱歉地说。

之后,我们在他家吃了午饭,一顿地道的法国餐。其实你要说有多好吃呢,我不好说,但那些精致的餐具和时间雕琢过的安静的气氛,让我彻底陷入了这顿午饭中。

森先生犹豫了一下,告诉我们,他的母亲去世了。

几周前，他却没能赶回去。

"我是不是不应该来巴黎？"他绝望地望着我。

"不。你来巴黎是对的。只是你对待这份亲情的方式错了。"我望着他，"你想想，你平时多久给父母打电话？"他沉默了。"几乎不……感觉他们离我的世界太远了。"

"那就是了，更别说回去看他们了吧。如果是这样，即使你仍然待在你原来的地方，即使和他们仍在同一个城市里，仍然会是这样的结局。她离开的那一刻，仍然没有你的身影。因为你的心不在他们那里。家庭，只是你生活的附属品了。"我沉默了一下，接着说道，"其实也不完全是我们个人的问题。我们自己的父母，也不是一样的，一面教导着我们要好好孝敬父母，一面又在为自己多久没有再回家看看自己的父母而辛酸。至少我从我的父母身上发现了这一点。"

他转过头，眼睛很红。我不知道说什么。

外边一片寂静。

午饭后，他给我们看了几页他读书时代的日记。

"我给她写过一些话。一行行的文字。"

随着字数的减少，感觉得到他的心也支零破碎了。

I happen to love you.

You happen to leave me.

Chapter 18 海边

You wouldn't come.

I wouldn't leave.

I loved you, once.

…

"啊！这本，也许是写给我暗恋的第一个女生吧，就是在我妻子之前的那个女生。可她并不爱我。"他笑着翻到了后边。

"你怎么那么确定你爱她呢？'爱'这种东西到底是怎么看出来的啊？""如果你要问我'爱'的含义，我根本不可能给你一个准确的解释。不是我不懂，是它有无数种复杂的含义。"森先生苦笑了一下。"形象一点说，真爱就像有天你走在大街上，偶然听到的一首歌，你一下子就被吸引了，但你却并不知道它的名字。时隔多年，你正漫无目的地在手机上听着歌，偶然听到这首歌，它猛地跳进你的脑海，让你被当年的那种感情淹没。原来隔了那么久，当年心动的感觉还一直保鲜，只是打开它的时间还没有到而已。"森先生走出去，又端来几杯茶。

"爱从来都不是理智的。电影里说，'五十年，只记得一张脸，只念着一个名字，只想着一个人。'五十年的时光，还有可能发生好多事呢，把时间全放在想念上，不是傻瓜，就只可能是超越灵魂的真爱了。不过，在爱里的人，谁又不是傻瓜呢。我不知道爱一个人一生的感觉，我还没有活那么久呢，但我佩服那份执着。"

"爸爸。"我听到一个稚嫩的声音。森先生的女儿缓缓地走过来，看到我们，声音小了许多。森先生告诉她，我们——他指了指莫得和我——愿意和她成为朋友。她很不好意思地望了我们一眼，又转过去望着森先生的脸。"今天我去叔叔家的小屋时，那个熟悉的、小小的身影并没有早早地就在楼梯口等我，我也没有听到那急切的吠声。没有，什么都没有。爸爸，它去哪儿了？"森先生摸着她长长的头发。我忍不住说，"那只是天使回到了天堂而已。"他女儿盯着我看了好一会儿，然后把头埋在了森先生的怀抱里。"对于一个小孩子来说，'离别'这个词一定很令人难受，"等他女儿进房间之后，我说，"也许，'再见'这个词，对你我只是一个简单的词语。对她，是一场悲壮的盛宴。"我想起我的童年有一段时间，一次次地和周围的事物道别，搬家，换学校，与刚熟悉的同学说再见……

我们一直聊到了下午，当我们觉得实在快要赶不上那班回城里的列车的时候，森先生送我们去了车站。

车很快就发动了。

"保重。"

"再会。"森先生微笑着点点头。

在某一个站随意地下车后，我和莫得一起走过巴黎一座长长的桥，桥上挂满了许愿锁。

Chapter 18 海边

"答应我,二十年后你还会穿这条裤子吧?"我突然问她。

"这条牛仔裤?"她觉得有点好笑。

"它看起来很好。"

"很好?哈哈,这就是你能用的全部形容词?"

"还会的,对吧?"我认真地望着她。

"对,我还会穿的。只是不知道那时我们还能不能……我是说,二十年很长,对吧?"

"当然。然后呢,我还会穿今天的这件衬衣。"我昂起头。

"什么?不,最好不要,这个颜色太丑了!可不要怪我到时候说不认识你。"她笑着把头偏过去。

我走近她,我们并肩走完了那座看起来没有尽头的桥。

快黄昏了。

我突然有个想法。

到我死去的那一天,我可以选择将所有的亲人朋友——如果他们还愿意来的话——全都叫到我床前,让他们看着我安然闭上眼。

不,那不是我想要的。

我希望我能安静地躺在一把长椅上,在海边吹着海风。那天必须得是个晴天。

我会死撑到下午的夕阳开始出现,看着天际被渲染成一片金色,那时候人生中无数的回忆开始重新浮现在我的脑海。我还会回忆着我见过的一个个的人,我到过的一个个地方。

不过,也许我什么都不会想。

我不会悲伤。我有什么遗憾也不愿说。因为一个人离开后,再多的话也只能留给还活在这个世上的那些幸运的人来说了。而我们,只能好好享受我们仅剩的对世界的凝视。

让我孤独又幸福地睡去吧。

我孤独,是因为我只有自己。

我记得莫得在很久以前就写过一首诗:

孤独的自己

我是孤独的

纵然我被热闹的人群包围

我望向远方的目光

仍旧落寞缥缈像一声放不下的叹息

我是孤独的

清晨的海边,阳光下的草原

即便我们相顾无言

我的孤单它们也全都拥入怀中

我是孤独的

Chapter 18 海边

我从未真正存在于这个世界上

直到我们的目光交汇

我们的孤独彼此拥抱融为一体

你能看穿我的所有心事

但你却不够仔细

你还不知道我有多爱你

我们都是孤独的

至少

曾经是

其实我真的看不出来她有这么一个孤独的灵魂，可我的心里竟感到了温暖。

"你见过世界上最孤独的人吗？"她转过头问我。

"没有。"我摇摇头。

"就站在你面前。"

"你见过世界上有谁特别喜欢孤独的人吗？"我反问她。

"没有。"

"就站在你面前。"我笑望着她。如果她也是孤独的，那好巧，我也是。

2011.7.25
早晨

"我们真的就这样回去了吗?"莫得望了我一眼。

"如果我们还有大把的钱可以花,莫得,我发誓,我会沉溺在这里的。"我笑着说。但她那么一说,我就开始留恋了起来。

我们不得不回去了。

我不太能接受这个事实。只有十天,我却感觉像在这里待了十年了一样。

"嘿,别难过。"瑞安抱了抱我,"我们以后还会再来的啊。""什么时候?""也许明天,也许十年。"我笑了一下,"十年……听起来真短暂啊。"

Chapter 18 海边

来自瑞安：

其实你说,那些听起来长得望不到尽头的时间,有多长呢?

一年,也不过是我发现现实与梦境的区别的时间。

两年,也不过是我猛地发现自己有点喜欢你的时间。

三年,也不过是我们从相遇到分离——也许是永别的时间。

四年,也不过是我离开那天我明白你那个眼神的时间——原谅我的年少无知吧。

五年,也不过是我下定决心将写给你的几百封信一股脑地扔掉的时间。

十年,也不过是真正明白年少时偶然听到过的一首歌的时间。

……

五十年,甚至一百年又如何呢,我不敢说是我能陪你的时间——因为兴许你不会答应。但可以肯定的是,那也只不过是我愿意等你的时间。

来自莫得：

其实你说，那些听起来长得望不到尽头的时间，有多长呢？

一年，也不过是我在时间的修饰下慢慢喜欢上海边的时间。

两年，也不过是我为心爱的人学会弹吉他的时间。

三年，也不过是我们擦肩而过到坠入爱河的时间。

四年，也不过是我开始在深夜醒来发现自己哭过的时间。

五年，也不过是我能区分真爱与昙花一现的时间。

十年，也不过是真正明白在年少时曾经读过的一本书的时间。

……

五十年，甚至一百年又如何呢。反正我爱的那个人根本不可能爱我，不如放手，让我去拥抱我的漫漫人生。它还长着呢，不值得为一个没有结果的故事等待。

因为，遥不可及的不是十年后，而是昨天。

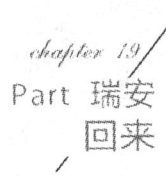

Part 瑞安回来 chapter 19

2011.7.25
上午

我带着一种苦涩的笑,望着窗外。

回家了。可我竟学着莫得对一座城如此迷恋起来。

我爱的不是那座城,也没有一个人在那儿。就只是一段往事?不,没有什么太多的"往事"。也许就只是回头的一瞬间,看到一束阳光照到一棵安静的树上,旁边的塞纳河突然奔跑起来。

那一瞬间,我发现我爱上了巴黎。

回来时的风景我已经回忆不起来了了,因为我能记得的,就只有那些无与伦比的瞬间。

我决定还是不跟他们打电话比较好。我望着莫得,

"你等会儿准备怎么和你妈妈说?""我不跟她说,我只跟她打手势。"走着走着,她突然就哽咽了。沉默了几分钟后,她说:"瑞安,我爸爸回来了……"

莫得的爸爸?

我努力回忆着莫得的家人。

我想起了我第一次见到莫得的妈妈的时候。

那天,我到她家找她,正好她妈妈来帮我开门。我微笑着向她打了个招呼。但她却只是微笑地看着我,我不知道发生了什么。这时候,莫得走过来,向她妈妈做了几个动作,她妈妈也做了一些动作。然后我反应过来,那是手语。

"她听不见,也说不出话。听不见是天生的,说不出话是后天造成的,"她微笑着说,"但她很会写东西。可惜我没能继承她的写作天赋。当时我爸爸就是在图书馆遇见她的。他说从她与他的第一句'话'——那些美好的文字开始,他就决定了这一生要和她度过。听起来很草率,但谁知道,他真的就一直爱她爱了那么多年。每一个看她的眼神,都那么坚定与深情。"我听得入了神。这就像一个美丽的童话故事,故事里没有水晶鞋,只有的一行行清秀动人的文字。

她的妈妈为我们端来一盘水果,我很不好意思地只能以微笑回应。每次,我看着莫得和她妈妈的无声交流,我感觉世界在那个瞬间特别美好。

其实我很想见见她爸爸,只可惜这么多年,她都告诉我,他爸爸一直在大洋彼岸工作。是真的吗?难道回来的时间都没有吗?小时候,我会宁愿活在他们的童话爱情里,但我现在,开始有点怀疑她描述的那些眼神是否认真了,是否真的像她说的那样。

下了火车之后,我们仍是乘船回去。

"我觉得我们真的很了不起。"莫得一下子把自己摔在座位上,"什么了不起?"我把包挪了下位置。"我们很勇敢。"我哭笑不得,"什么?""有时候勇敢不是说着什么都无所畏惧的话,而是敢于真正地去尝试一切新的事物——我们就是这样啊。"我笑望着她。其实,我觉得莫得真的拥有一个幸福的人生,因为她的生命还有无限的机会,而我们大多数的人,心已经"死"了。

下船之后,我们随手招来一个出租车,准备打车回家。

车门关上。突然间,车外所有的声音全部消失了。我的脑海里只有一片空白。无边的寂静。我幡然醒悟:原来我还活在这个世界上啊。

我把窗户摇下来,让风灌进来。晴天的风总能给我带来许多往昔的味道。那样熟悉,仿佛就在昨日。我贪婪地呼吸着,趁着风还在眼前,我拼命地想抓住。抓住这一切美好或有点忧伤的记忆。

熟悉的街道，熟悉的一幢幢高高低低的房屋，甚至连行人看起来都很熟悉。斜斜的阳光照下来，透过树叶的缝隙，把那些原本寻常的东西都镀上了一层金边，又平添了几分斑驳的感觉。大小不一的光斑摇曳着。阳光像是把世界分成了若干块，包括阳光下的我们。

放下并不是忘记，只是以往的那份爱不在了而已。有些记忆萦绕在这座城里，牵扯着，让我无法离开，又让我想赶快逃离。这就是我对这座城市有无限牵挂的原因。

下午

我们下了车。我就看见了她的爸爸。那个站在她们家门口的高大男人，用一个温柔的眼神正注视着她，左手轻轻扶着她妈妈的肩。

看到莫得，他轻轻地笑了一下，像是见到一个老朋友，脸上带着让觉得人安定温暖的微笑。莫得走上前去轻轻抱住他们。隐约可以看到，那两个本来应该哭的人笑了，那个本来应该因为家人的宽容而笑的人，像个小孩子一样哭了起来。

我还看到进屋前，莫得的爸爸用手语向莫得的妈妈

Chapter 19 回来

说了些什么,然后轻轻吻了一下她的额头。

我突然很想家了。

黄昏

我回到家里。家里很安静。我走进自己的房间,自言自语地说:"我想你了,我的篮球。我想你了,我的背包。我想你了,我的吉他。我想你了,我的床。啊,还有我的日记本,我想你了。"沉默了片刻,我便靠着墙开始哭起来。我不知道我为什么哭,但经历了这一切,我真的累了。

熟悉的感觉,安详的场景,思绪在回忆里幸福地发酵。我带着甜蜜的忧愁回到这个温暖的地方——家。这里的一切,都让我万分想念。

我半躺在座椅上,懒散地翻着抽屉里的东西。我从抽屉里找到了一本相册,翻看起我们的照片来。

我看着我们之间的一张张合照。希文一直都是最吸引人的那一个;蕾娅一直都是看起来最安静温柔的那一个,她的眼神总看向远方;莫得一直都是笑得最没心没肺的那一个;而我,一直都是眼神空洞、呆滞的那个。

我记得有一次,我们一起去露营,我悄悄溜进蕾娅的帐篷里,她吓了一跳,转过头来,望着我笑。我躺在她的身旁。我们自然地聊起了天。从我们第一次见面到生活里的各种小细节，以及我们的各种小习惯。闷热的小帐篷里，我却感受到了一阵风吹来，我闻到了她头发的清香。不是人们常说的什么阳光的味道，也不是什么柠檬或是薰衣草的香味，就是她的味道。

我闭上眼睛，什么也不想。

那是我们第一次一起去露营，那之后我再也没有露营过，因为我只喜欢和她一起，在任何地方、任何天气，聊着任何事情。

那天我们小声低语，聊到很晚。

我又茫然地望着照片里那个惆怅的艾德。他似乎有很多话想要说，却一句话也说不出。

我看着每一张熟悉或陌生的脸庞。

所有的往事突然有种莫名的心酸或者说是快乐，在我周围一圈又一圈地旋转，飘散到空气里。

这时，门开了。我听到那个迟疑的声音："瑞安？"我哽咽住了，说不出话来。"瑞安？"她正在上楼梯，脚步越来越急切，可快到我的房间时，脚步却慢了下来。我不知道我要说什么。

"瑞安，"她进来望着我，我转过身去。"你……你吃晚饭了吗？"我笑了起来，"我吃过了。"她也笑了。"等会儿，我们一起去找你爸爸和妹妹吧，我们出去吃午饭。

Chapter 19 回来

那家看起来很不错的意大利面店开门了,我们可以去尝一下,希望你还没有吃到吐吧?""绝对没有。"我大笑着走过去搂住她的肩膀。

"我回家了。"我给莫得发了一条短信,便出了门。

吃饭时,我舒了一口气,妹妹仍自顾自地用餐巾纸摆着各种造型,而爸爸仿佛什么也没有发生过,依然和我聊着生活里的琐碎事。吃饭时,他们笑得那么自然。我发现他们对彼此的爱仍像当初一样——

他们大学的宿舍就在隔壁。只不过,一个出门向左转,一个向右转。大学时,他会在灯下看书,看到很晚。这就直接导致了她对那种成绩又好又刻苦学生的不理解。

当然啦,这种不理解在不久后就消失了,因为他们见面了。

见面之后,她对他不大感兴趣。尽管他后来也遇到过几个条件不错的女生,他,却只说:"我还是喜欢第一个女孩。"

而她为什么喜欢他呢?"他不怎么会说好听的话打动人。但是我喜欢他温柔的眼神。"后来爸爸说,他一直都用温柔的眼光看每一个人,"因为谁又能将定,对面走过来的是不是你呢。"他望着她笑。

顺其自然地,他们就结婚了。十几年来,爱情的样子从未从他们的脸上消退。他们当年的结婚照干净、简

· 211 ·

单、纯真,是爱情本来的样子。

然后,他们就成了我和我妹妹的父母。

爱情,那不就是吗?

美好的生活,不奢求有多少财富,只希望是自己梦想的生活,有个自己爱的而不是勉强凑合的灵魂伴侣。

所以他们一直都很幸福。能和自己的初恋结婚,我觉得现在,对很多人来说,都很不容易吧。

也许,我和蕾娅还没互相喜欢到那一步吧。所以这一切,也许都有理由来解释了……

一趟旅行之后,我感觉自己也没变多少,只是多了一分接受,少了一叛逆。我不是懦弱了,我只是每一天,都试着去爱自己的逆生活,包括它的每一个小细节。

2011.7.27
上午

接下来的事——学校的事就比较简单明了了。

我开始鼓起勇气重拾我的生活。

我把这么多年来缺欠的书重新读了一遍,我尝试着去认真听每一堂课,我试着在日出之前就起来与我的生物课本面面相觑。尽管我知道这些很可能是杯水车薪,可我还是想要竭尽全力地拯救我的生命。

Chapter 19 回来

因为我已经见过美好,我就没有理由说我不可能改变。

有时,过度的勤奋会令我崩溃,但没有什么大不了的。我只要深呼吸,听听音乐,唱唱歌,睡睡觉,写写日记,哭一场,疯狂地跑起来,放声大笑或尖叫,想象自己在飞,随便干什么都好……总之,一切都会过去的。毕竟,没有什么比活着更重要。

我牵着莫得,我们一起在阳光下走着。

"现在还有没有什么好怕的?"

"当然有啊……你知道,家里的事,学校同学和学业,各种……生活的一切。"

"我也是。我恐惧,但我不会遗憾了。以后的生活再艰难,我也敢继续下去了。"

我悄悄地接近她,一点一点地,我看到我影子的阴影一点点地遮掩到了她的发梢,就像头上摇晃着的树叶一样。太阳正在下山。我们越靠越近。我感觉到一阵风吹来,吹来了一股香甜的味道。

有时候我会觉得人生索然无味,说来就来,说走似乎也就走了,这期间也没什么特别的。可当我想起"未来"这个词,我的心里似乎会泛起一点微弱的光。所有的灰暗,都闪烁了一下。

所以,以后的每天,我和莫得穿梭在校园的各个角落，抑或是图书馆、教室，我们手里都会有一本课本——偶尔的一本小说一定是意外，我发誓。

"你疯了吗？"希文从我旁边走过，笑了起来，"也许吧。"我认真地点点头，然后开心地笑了起来。他现在已经不那么陌生了。

"你知道的，锻炼、读书和写日记是世界上最神奇的事。一个可以让你的身体保持清醒，一个可以让你的头脑保持清醒，最后一个可以让你的灵魂保持清醒。不像爱情，只会一天到晚都让你糊里糊涂的。"说完，我对自己的一本正经感到难以置信。"我最近总是清醒的。"他笑望着我说。

2011.7.28
早上

早晨出门时，我看到天边有一抹抹的金光，天空中已隐约看得见太阳的身影，而那弯月亮竟也静静地陪在它旁边。雾很大，江对面，电梯公寓的下半截全被遮掩住了，有种悬空的感觉。雾像一层面纱，轻轻网住了这个世界。也许，天快要放晴了吧！

昨晚在梦中，我分明地感觉到自己哭了。醒来的一刹那，我感到凉凉的泪滑了半边脸，翻个身又入了梦。

Chapter 19 回来

可是梦里，明明很温暖啊。

我低着头，在包里找我的耳机。此刻的车站还没有其他人在等车。我享受着片刻的宁静。

"孩子，太晚了。"我条件反射似的抖了一下，可我不敢回头。这个声音再熟悉不过了。我使劲吞了吞口水，问："你什么意思？"刚才发出声音的那个老人干脆走到我旁边站着。我用余光看去，那么久了，他仍穿着那件令我感到压抑的灰色大衣。"来不及了，孩子。"他又发出几声颤抖的笑声。

"我求求你，离开吧。难道你不知道我已经慢慢像个正常人一样生活了吗？我——""孩子，"他微笑着打断我，"很遗憾。可是已经太晚了。"我根本不想去思考，"请你离开。否则我会报警的。"他什么也没说，脸上浮现诡异的笑容。

"还是太晚了。毕竟十多年了。"说完他便消失了。这时，陆陆续续有行人走了过来。

我很疑惑，更多的是愤怒。我想告诉自己，他只是个神经病，我不能让他的一句话搅乱我的生活。

但我做不到。

苦糖

上午

"永远不要痛恨历史，因为它已是历史；也永远不要忘记历史，因为你必须尊重它，即便它不能如你希望的那样进行。"历史老师拖着悠长的声音说道。

我不恨我的历史，我恨我没有足够的决心去改变现在。我只祈祷将来有一天，我能将这段堵在心口的时光轻轻地说出来。但我不奢望自己能够忘记。

"累吗?"我趴在桌子上，突然，我看到莫得递给我一张纸条。

我想了一会儿，写道："我已经回不了头了。我现在有两条路：一条是沉沦，沉沦到生活的最低点；一条是毅然地继续现在的这条'歧路'。不去设想最后结局，不管是鲜花还是荆棘，我都毫不畏惧地去拥抱，因为我的灵魂已经被生活折磨得痛苦地死过一场了，再也没有什么大不了的了。"我把纸条递给她。她看了一会儿，没说话。

我盯着我白色的手表盘。我看着分针艰难地走过一个个小格。我真担心时间会一不小心停止，我被丢在这无边的地狱般的课堂里。我的大脑停止了思考，我似乎被手表盘那无边的白色吸进了一个沉默压抑的白色空间里去。

对我而言，其实每一节课，都像煎熬。

Chapter 19 回来

  我疲倦了。也许真的来不及了吧。毕竟，我和很多还有机会的人不同。我缺失的是十年啊。我就亲眼看着自己毁掉了自己的青春，甚至自己的一生。不得不承认：那个人说的是对的。

  每次上那些自己根本听不懂的课，看着那些密密麻麻的公式，心口像堵上了一般，感觉世界都凝滞了。我一句话也说不出。

  我看见阳光在敲打窗户的玻璃。我打开窗，将它们请了进来，不一会儿，它们便光顾了整个房间。

  黄昏时分，天空有些灰暗，天边却仍有些橙色的点缀，像水墨画中的渲染一样。我的耳机里传来《yellow》这首歌，是一个女声的版本，歌声温柔得像是春天的泉水。往事又开始萦绕，走出我的脑海，穿过我的发梢，触碰过我的指尖，缓缓地流进我的心底。

  我颓废地坐在窗前书桌旁，难过得什么话也说不出口。

chapter 20
Part 莫得
生命里的冬天

2011.8.2

早晨

"她真是一种令人痛苦的生物。每次你和她在一起时,你总会为她担心,而她却毫不在意。而感情出现裂痕时,她却异常干脆,径直走向另一个风景,而留你慢慢坠向深渊。真是麻烦啊。"听到希文这样对瑞安说。我起先还不知道他说的"她"是谁。我还跟着嘲讽地笑了几声。结果我看到他说完再见后走过去,亲吻了卡雅。

我和瑞安都愣住了。瑞安转过头,担心地望着我。"干吗?怎么了?"我装作镇定地望他一眼。他又把头转了回去。

人在真心付出后——全心投入的那种,一旦失去它,会感到无比心痛。

我有点头晕。突然,卡雅看见我,她朝我勉强地笑了一下,然后迅速转过了头。

回到家之后,发现外公外婆来了。

我坐在一旁,听外公外婆谈论着一些琐碎小事。

外面一片漆黑,靠近屋这边的树叶还可以依稀看见一些影子。妈妈穿着一件宽大的睡衣在洗漱。她一边刷着牙,一边默默地听着外公外婆讲话。

突然,我有一种奇怪的感觉涌上来。觉得她在她的父母面前,就是个小孩子,不是上班时忙忙碌碌的那个她,不是面对我时板起面孔的那个她。这时候的她像个小孩一样恬静可爱。

原来,一切关于"童年"的东西都是如此有魅力。一股夹杂着童年的风吹来,我回头,看见妹妹对着我咯咯地笑,大家都在忙着自己的事。

这奇妙的温馨感觉,让我珍惜自己,珍惜我的家人们。

佩吉走了过来,我拉住她,喊了一声:"佩吉。"她转过来,用她澄澈的大眼睛望着我,问"什么?"我笑着蹲下去,缓了一会儿,接着说:"我明天要去你们的幼儿园,但我找不到路。你陪我一起,好吗?"她张开了嘴巴,继而又咧开嘴,笑着说:"好啊,好啊。"

我听到她激动地跑去找外婆，大声说："莫得说让我陪她去幼儿园……"

2011.8.5
下午

我和卡雅彻底闹崩了。

而我，也是直到今天才明白，卡雅根本就没在乎过我。

"你是认真的吗？"我走上前去。"什么？"她转过身。"对希文。"她突然冷笑道，"你管我呢。""我管你？要不是你说，'认识你是我的好运'，我才不会觉得我应该珍惜你……"

"啊，认识你？我逗你玩的，谢谢你让我认识你，花光了我所有坏运气。"她停了一两秒，离开了。我愣住了。我没想到……

一切都是我的幻想。我就不该开口。

人群仿佛一下子散去，周围瞬间寂静。我发现热闹之后的安静才是最可怕的。

当我听到她那句话的一刹那，我的声音就突然哽咽起来，不知道是因为害怕还是委屈，反正就只感觉泪水如洪水决堤般涌下，我疯狂地抽泣了起来，说话断断续

Chapter 20 生命里的冬天

续的。我慌了,想让自己停下,我咬着嘴唇,深呼吸,却都毫无用处,我就像个小孩似的不停地哭着。原来,我的那份死命拽住的坚强,是那么的不看一击。现在我终于明白,当人类的感情一旦喷涌出来后,泪水便是不可控的了。

此刻,我的头脑里全是以前的场景,她对我说过的话,送给我的节日礼物,还有她望着我笑时浅浅的酒窝。当我渐渐平静下来时,我一个人默默地去了洗手间,疯狂地用冷水清洗着我的那张难看的哭脸。

我慢慢地走上长长的楼梯,昏暗的过道中透进来一束光。此时的我就像舞台上的灯光戏剧性地照着的那个表演失败的小丑。我一步步走得艰难,上到最后一梯时,我一直盯着自己的鞋,后悔自己的没用,后悔自己的不可理喻,后悔自己当初付出的一切。

我想了好久,最后,我用手用力地擦了擦眼泪留下的痕迹,走回去,缄口不言。这是人生中成长的必经点。也许,我真的应该长大成熟了。可我还是会哭。

我记住这一天,但忘记那一刻。

2011.8.16

"你像躲你的过去一样躲着我。"

她开始对我视而不见之后,我偶然看到这句话,一下子没忍住眼泪。

这段时间,我经常在眼泪中洗刷自己的内心,当把这颗心洗净后,它是澄澈透明的,但也如玻璃一样,愈来愈易碎。

能和你分享同一片天空,同一缕阳光,同一份空气,同一片星空,我就已经很满足了。如果这辈子我们非得各走各的路……我希望,在下辈子,我们能重逢吧。

你把真心交给别人,那颗赤诚的心暴露在烈日寒冬下,你以为她会被打动,然而结果却是,你迎来一道道血淋淋的伤口,这些伤口结成疤,坚硬如磐石。那么,到最后,能使你内心柔软的那个人,就一定是真爱了吧。但人总是在一次次受伤中,才学会爱、看清爱、得到爱啊。

想到这里,我突然觉得四周暖和了许多。我的冬天,快过期了吧。

chapter 21
Part 瑞安
和解

2011.8.20
下午

我最近挺好的。一个人而已。——昨晚零点。蕾娅。
我忽然松了口气,笑了。
突然又好想哭。
我问蕾娅:"你愿意和我一起出去吗?——就以朋友的身份。"
她沉默了一下,问:"去哪里?"看到她的回复,我突然笑得像个傻子。
我们去了一个公园。里面树叶摇曳。她轻轻地笑着,向我走来。我差点以为这一切不是真实的。
我们一路走着。突然,我听到了一首歌。"天哪,这不是……""嘘，别说话，我知道——"然后我们哼了起来，跑调跑得不成样子。蕾娅还伴着歌声跳起了舞，我看着她，开心地笑了。

她跳舞的身影，在我的眼帘上摇曳。树影摇曳的那个夏天好像又回来了一样。

我也不清楚，究竟是因为爱你才对你一见钟情，还是怀着初见时动心的感觉去爱你？也许我爱你，是一种错觉；我感觉你也在爱我，是一种幻觉。

所以即使我们不能回到过去，如果能像现在这样，我也一定对生活非常感激。

"我还以为你忘了这首歌了呢。"她说。"那些事，我当然一件都没忘。一个人不可能做到真正的忘记。他只是暂时想不起了而已。"我微笑着看她。

"那真好啊。因为有时我闲下来，想回忆一些往事时，发现是一片空白。不知道应该烦恼还是应该笑。"她轻轻皱了下眉毛，苦笑了一下。

如果我不曾见过你，我本可以忍受黑暗。

可惜我不仅见过你，并且我竟然还想和你一直在一起。

我想好了。要是你问我你还爱不爱我，我就会说，我们之间都不叫爱情。那是一种永远不会变的关系。你说永恒，又太长，但绝对不能勉强地称作"爱情"。

Chapter 21 和解

可你都不愿意问我。我心想。

"瑞安，你到底有没有真正喜欢过我呢？"我认识的蕾娅的那个神情又回来了。

"其实我从没有喜欢过你，我直接就爱上你了。"我望着她。"我做过最勇敢又最懦弱的事就是——爱你。"

她长长地叹了口气，底低下了头。

夜幕下，云层扰动着初夏的琴弦。我凝视着吹着海风，神情有几分恍惚的她。

"人活着的意义是什么呢？"我问她。

她缓缓转过头。"不知道。相遇吧？也许不一定是和哪一个人，也许是和夕阳下的潮汐，和潮汐里的夕阳，和那些你从未看过的世界的风景，听过的歌与情话，闻过的不同的空气的味道。"

我静静地望着她，深情地说"蕾娅。我真的很爱你。"

她没说话。过了一会儿，她笑着说："刚刚那一刻，你成全了我的人生。"

她再也没有回应过我"我也喜欢你"之类的话，可是那句话，即便我自作多情了，也足够用一生去感受。

一句"余生"胜过万千句"爱你"。因为爱也许会随着时间，甚至随着天气与心情心境变迁，但余生，是像我这样的笨拙的人、这样一双笨拙的手对你写下的最认真的承诺。

"我承诺了。你在听吗?"我问。

"在。刚刚,我的耳边只有你的那一句话。"

你是夜空,我不是星辰。我是夜幕下闪烁的霓虹灯。白天的一切都无法将我唤醒,而你一靠近,不论你是否在意,我都会为了你全心闪烁。甚至只要数着你要来的时间,我的心就如小鹿乱撞。

我们静静地往回走着。一条条熟悉的道路,和那个我自以为很熟悉的她——真是奇怪,有时你对一个人越不了解,你就会越喜欢那个人;而当你越来越喜欢那个人时,你会发现,你越来越不了解那个人了。我们都没有说话,一直走到了她家门口。

我舒了口气,转过来望着她。

"我才不想和你说再见呢。"她轻轻地笑着。

"哦。那——拜拜。"

"拜拜。"她笑着离开了。

我觉得恍恍惚惚的,不知道这一切是不是真的发生过。

你让我躺在泥潭之中,我却觉得周围是清凉的露水。

你让我独自蜷缩在囹圄里,我却看到四面涌来的全是阳光。

蕾娅,你真是一个奇妙的人啊。

这样想着的时候,我突然失去了知觉。

chapter 22
Part 艾德 他

2011.8.21
上午

  我以前经常会做梦。有段时间，我经常会梦到外面一个持枪男子闯进了我的卧室，我躲在一个角落里，颤抖着听他渐渐逼近的脚步声。就在他将要看到我时，我睁开了眼，看到的仍是那堵蓝色的墙，缥缈地在我眼前飘晃。

  我后来也会做梦，梦到我一个人走在无边无际的空白里。周围什么也没有，我找不到出路。一睁眼，那盏明晃晃的灯亮了起来。

  如今我仍会做梦，但梦里是什么，我记不清楚了，只是在每个被阳光或雨滴填满的清晨，醒来后，一睁眼，就看到你给我发的"晚安"。

我和他在一起后,什么都刚刚好,要梦境来做什么呢。

现在,对我来说,真正的天亮,并不是每天清晨,阳光透过窗照进来,而是伴随着一阵清脆的自行车铃声,我走到阳台,看见他在楼下的阳光中笑着,他穿着的白色衬衣随风轻轻摇摆。一天又一天,都是如此。

但我们之间的争执也是难免的,毕竟时间让我们愈加了解与熟悉了。

"在哪里?我去拿。"他问。

"书桌上。"

"嘿,找过了,不在那里。"

"你不能自己再找一下吗!"我有点不耐烦地说。

刚说完这句话,一种罪恶与忏悔袭击了我。自己?天哪,明明是他在帮我找我的东西啊。我突然觉得胸口很闷。我不知道自己哪来的一股莫名的火气。我有点厌恶我自己了。

幸好他什么也没说。我不想争吵。但这几乎不可能,他在我的一些小小的无理取闹上总是迁就我。他总是那么好。

"尤里安"这个名字,现在,我终于敢望着他的脸,笑着轻轻地呼唤了。

Chapter 22 他

其实我不知道我是什么时候真正有勇气答应他的。

"这个世界是假的,但我对你的感情是真的。"

也许是从这一句话开始的吧?

也有可能是这句之后:

"如果我倒了下来,我希望接住我的,恰好是你拥抱过我的双臂。"我又笑了起来。

尤里安,在遇见你之前,我一直不知道什么叫"爱"。

遇见你之后,和你打招呼时你对着我笑,和你并肩走在阳光下,你要离开时,我差点大喊出"留下来和我一起",坐在窗边想你时,每一个时刻,我都能感觉到,也只有在遇见你以后,我才明白"爱"的深层含义。

chapter 23
Part 瑞安
如果

2011.9.5
上午

　　我已经对我的昏迷习以为常了。我记得自己苏醒后，来到学校，莫得就走过来拉住我，给我看了她的数学成绩，"我们总是在一场考试之前尽情地享乐，然后考了下来愁眉苦脸，暗暗下决心要发奋努力，甚至看很多网上很多心灵鸡汤或是励志语句——还抄录几句贴在桌上或床边。也许真的会拼命地奋斗几天，然后就觉得自己好有收获、正能量满满或者未来又重燃希望。其实你会发现，再过一段时间，甚至就只是一个星期，你又会把自己当时的雄心壮志忘得一干二净，继续以前的愉快享乐。然后，新一轮的考试又会来，你又开始祈祷起来，考得

Chapter 23 如果

好呢,就心想,自己反正没学也可以考好,不如不学,索性就继续放纵着;考得不好呢,你就又开始沮丧,想要发愤图强。其实到后来,这就形成了一个循环,你会发现,你永远也跳不出这个怪圈,而你的人生,只会越来越黯淡,你就在这昏暗中消沉下去……"在一次测试之后,莫得有点绝望地告诉我这些,"翻看自己以前的日记时,那些无数的要发奋的话、无数的励志鸡汤,又有什么用呢?当自己订下的那些目标、计划,被无数次地写下却没有实现时,只感觉到一阵来自内心的嘲笑、失望与讽刺罢了。"

"你这样说,人就没有希望了,不是吗?"我问。

"我是指的我们大多数人。"

"那怎样才能成为那一小部分人?"我好奇。

"很简单,从一开始就不要意识到这些东西。把人生做成一道选择题。别人做的是多项选择题,在奋斗、玩乐、低迷……各种选项之间多选;而你是做的单项选择,只有一个选项——奋斗。"

"既然你都这么清楚,为什么你现在并没有成为那少部分人?"

"那是因为,不是每个人都想要过那样的人生。我想要的那种人生,甚至都不是单纯的奋斗可以得来的——它太复杂了。"她摇了摇头。

"那是什么样的?"

"反正,和你的不一样,和别人都不一样。"她笑了。

"究竟是什么样的?"

"既然都不一样了,说出来,你们也不会懂啊。既然这样,不如只对自己说,这样就是告诉全世界了。"

我盯着她看了很久。"好吧。也许我应该听你的。毕竟,现在的状况,你比我更有发言权。""你最好这样。我也不想再提一次你那糟心的成绩了,亲爱的。"

听到这句话,一阵痛苦又弥漫上来。

我又开始后悔当初了。可是没有用,即使我知道这一切可能会发生,当时的我也不会停止使用那项能力的,因为欲望是无法阻挡的,只是一个时间问题。

Chapter 23 如果

2011.9.6
晚上

妈妈说，如果她可以重新选择自己的人生，她会去开一个花店，去学画画，把自己的画挂在自己的花店里。赚不赚钱都不要紧，自己开心就好。

我们那个看起来总是很要强，其实内心很感性的历史老师，她说如果可以选择，她一定会去一个大城市，而不是在这个小城市里得过且过。

"如果可以选择，我一定好好读书，不会自甘于这样一所自己都不了解的大学。"

"如果可以重来，我一定会接受他的求婚。我为什么要后悔呢？我到底在怕什么呢？"

"我想，我会搬去湖边修一间小屋，过隐居的生活。可我现在却在这儿以虚伪的微笑去迎合这个世界……"

"我那天绝对不会因为工作而找个借口不回家——可我从未想过那是我和父亲的最后一面。"

"我想我会多陪陪我的女儿，而不是被那些该死的工作全部占据。可现在晚了吧，毕竟她都已经有女儿了啊。"

"我想我会……"

"我想"和"我会"。是完全不同的概念吧。

我会怎样选择呢？我曾经拥有过让时光倒流的能力，我明明有无数的机会，我明明可以改变自己的人生，我却只是让它沉沦。我们一面卑微地生活，一面又祈祷着"明天一定会好的""一切都会过去的"。在这个纷杂的竞争世界里，我们越来越卑微渺小。

享受现在——

听起来似乎很简单，然而我们中间的大多数，要么后悔着自己的上一秒，祈祷能回到过去；要么就不停地憧憬未来，总把改变一切的希望都寄托在那个缥缈不定的"明天"上。

我可以……我一定……我们都活在这样的假设中。可最后，我们还是在与现实的周旋中无奈地妥协了。

不过，如果我可以选，我宁愿不要那种能力，因为未知与无法还原性正是人生的一种原动力。

路灯闪了一下，又忽地灭了。我想叹气，却发现竟没了叹气的力气。我太疲倦了。

我还有没做完的梦。我只是不想再一边流泪一边做梦了。

2011.9.7
早上

早晨醒来时，我看到安妮不知道什么时候爬到了我床边，紧挨着我。我发现她的额头轻轻地碰到了我的鼻尖。我屏住呼吸，悄悄地睁开一只眼睛然后飞快地闭上。

Chapter 23 如果

周围的一切都太安静了。

清晨特有的声音与气息充斥着周围的空气,我用手摸了摸她柔软的头发。"我爱你。"我在她耳边说。她不情愿地嘟了下嘴,"笨蛋,你吵醒我了。"我笑着抱了抱她。

下午

我看见蕾娅坐在我前面不远处。

当我看向她的眼睛时,我仿佛看见一座座沉浮不定的冰山在北冰洋微弱的阳光的照耀下唱起了歌。像是纯洁的白,又有几抹淡色的温暖的蓝,再仔细看几眼,你甚至就可以看到晶莹剔透的一切。冰冷遥远又让人莫名暖暖。

她对我说过的所有的话,也像冰山一般,我以为我全懂了,其实我明白的就只有表面浮出来的那部分,而她的真实意图都埋藏在那剩下的十分之九中。

我静静地望着远处的蕾娅。

"如果把每一天都当作生命中的最后一天来过……那我根本不可能还坐在学校里老老实实地听课。莫得一脸不屑地转着手中的笔。我回过神来,笑望着她,"嘿,少抱怨了。"我把背往后轻轻靠去。

苦 糖

"明天有个聚会，你会去吗？"莫得递给我一张纸条。我有点犹豫，因为我知道，聚会的地点，就是那天晚上的那个酒吧。

Chapter 23 如果

蕾娅：

说是幸福呢，好像又夸张了一些。但那份来自心底的安详绝对掺和着些许糖分，搅拌在咖啡里伴着阳光一起喝进嘴里。

今天你和我说了那么久的话。

蕾娅：

哪一种更惨——是从未见过那份美好，还是见过，却根本无法真正得到，而自己越陷越深？

蕾娅：

感觉就像是在一个奇妙的世界里，上一秒我望着你笑，下一秒我转过身去，你离开，刹那间下起瓢泼大雨，我又孤身一人走在雨里了。

蕾娅：

我最后一次给你写信了。

但你知道，我永远，也不会把它们寄给你的。

2011.9.7
晚上

全身无力,轻飘飘的,我像一团棉花糖黏在椅子上。窗外的太阳照进来,快要把我烤化成一摊水了。全身像散了架,似乎已经没有"骨头"这种东西了。

我坐在那儿,重复着过去生活的轨迹。我开始有点想放弃了。"回去吧。"我对自己说,转而发现,这就是一句梦话。我怎么还在奢望回到过去呢?

晚上,我和莫得穿过一个树林,走到那个可以俯瞰整个小城的山坡上。我们放声大喊。

以前的所有痛苦、迷惘、悲伤、沉沦,就让它们永远地消逝吧。我们站在这山顶,俯视这小城的一切。这座我生活了十多年的的小城啊,如今我放肆地俯瞰着它。

灯光不停闪烁着,我感觉我的血液不停地翻涌着,就像我此刻的心情。我们开始狂笑起来。上天啊,原谅我们的鲁莽无礼吧——我们还年轻,不是吗?

我想起以前莫得曾告诉过我,毕业后,她要开车横穿整个帕里。在最北端的高速公路上,她要把摇滚乐放到最大声,在阳光的陪伴下一路开车到海边,然后冲到海边的沙滩上,张开双手,想象自己在飞翔一般放肆地尖叫。夏末的树叶摇曳,向她低语,远处火车极驶过的声音隐约飘来,天上飘过的云划破蓝天的沉默。她甚至

Chapter 23 如果

会爬上某节车厢的车顶,张开双臂,轻轻地闭上双眼,感受一片片温暖又温柔的阳光扫过那片树林,让树叶悄悄地飘落,然后阳光又照耀到她的脸颊上。

以后,我要做许多现在看起来根本不可能完成的事。她说。"你想伸手去摘太阳,未必如愿,可你也许会摘到星星。所以,为什么不尝试一下呢?"她还大声地喊上一句:"这就是生活!"

我笑起来。

我们还年轻啊。我们还有音乐。我们还有一切。我们还有未来。

我向后倒下,躺在了温暖的草坪上。亲爱的,这就是我们啊。

"你要去吗?"莫得问我。

"你呢?"我望着她。她沉默了一下,说"你真的能够……""不要担心我。"我看得出她还是很想去的,我笑着坐起来,拿出一个硬币,说:"我们来抛硬币吧。正面,我们就走路过去。背面,我们就坐车过去——要是摔碎了我们就不去。"莫得笑了起来,提醒道:"不要穿那件颜色很丑的衬衣,不然你很快就会成为聚会的焦点的。"

chapter 24
Part 瑞安
派对

2011.12.31
晚上

  我小心翼翼地走进去。昏暗的灯光，拥挤的热闹的人群，差点让我以为我回到了过去——那个晚上。我往里面走，给自己倒了杯果汁，然后找了个沙发坐下。今晚我可不想出什么乱子。
  音乐开得很大声，我也很不自然地跟随着晃动着。
  "熟悉吗？"我抬起头，看到蕾娅笑嘻嘻地坐在我旁边。我笑了起来，说："当然熟悉。"然后我们陷入了一片沉默。天哪，要是我当时没有那么混蛋就好了。
  "我记得，你那天穿着一件很丑的外套。"蕾娅尝试着忍住笑。我转过去，声音很低地说："才怪。""还有，

Chapter 24 派对

当时，就你一个人穿了外套，并且……穿得像个小孩子。"她认真地点点头。"哦？那和一个小孩子做朋友感觉怎么样啊？"我笑着盯住她。"还行。"她回应了我，整个人靠在了沙发上。

"你这次去法国，感觉怎么样？"她拿过我手里的果汁。我想了一下，回答说："还行吧。而且，法国漂亮的女生很多。"蕾娅瞥了我一眼，戏谑道："那你不和她们约会真是损失。"我偏过头，傲慢地说："当然有了。还不止一个呢。"

蕾娅难以置信地望着我，说："十天？你这也太朝三暮四了吧。"我轻轻笑了一声，说："是啊，谁叫你那么多变，早上我喜欢那个闹着起床气的你，白天我喜欢那个笑着拉着我一起去逛街的你，晚上我又喜欢那个安静地黏在电话那头要我唱歌给你听的你。"她翻了个白眼，笑着说，"你的语言能力见长了啊，瑞安同学。"我缓缓转过头去，看到她在看着我。我眨了下眼睛，缓缓地靠近她。我感觉周围的一切都消失了，我只看见她安静地坐在那里，双眼像浮动着的海面。

"蕾娅，我拿到车钥匙了。走吧？"我闪电般地弹回去，看见一个我不认识的男生笑着走了过来。我望了蕾娅一眼，她没说话，有点慌乱地撩了几下头发，站起身来，紧张地对我挤出了个笑容，"再见，瑞安。玩开心一点。"然后我就看见他们从门口离开了,手牵手。

我茫然地坐在那里。

我思索着,最后得出结论:"玩开心一点",这句话最让我难过。

Part 莫得

我知道瑞安一定不想来。其实我打算告诉他,我自己一个人来,但他说他已经到了。

我一走进去就看到了蕾娅和瑞安坐在沙发上,瑞安笑得脸都要裂开了。我笑着摇摇头,往里面走去。

"耶!"还有一阵欢呼和鼓掌声。我看见卡雅放下手里的酒瓶,左手搂在希文的脖子上。突然,她看见了我,我凝视着她。

她离开那里,朝我走来。她什么也没说,沉默了很久之后,问:"你一个人来的吗?"我突然感到很忧伤,没有开口说话。她轻轻笑了一下,又离开了。

我望着她一直到她离开,然后往楼上走。

但我突然发现,上楼是一个错误。楼上根本没有其他人,除了希文。

"你上来干什么?"我瞪着他,可我发现自己在发抖。"我不知道你对卡雅是怎么想的,但我跟你讲,少来干预

Chapter 24 派对

我们之间的事。"他越靠越近,我都闻到一股恶心的酒的味道,"我和她,已经没有讲话了。"他恶心地笑了一下,接着说:"但谁知道你的脑袋里一天到晚都在想些什么呢?"他把手放到了我的脖子上,我颤抖着,骂了一句:"滚。希文,滚开。"他的手已经伸到了我的衬衣里面,贴到了我的背上。"滚开。"我根本没办法推开他。我开始剧烈地发起抖来。他突然抓住我的衬衣领口,想把它撕裂。我努力挣脱他,但他抓住了我的手,吼道:"你跑啊。"我又被拉了回来,我使劲地踹了他一脚,但被他猛地推到墙上,我的头被狠狠地撞了一下。我闭上眼睛,用尽我所有的力气喊了一声"救命"。然后我的大腿像是被车压过一样,我感觉他的脸越来越近。

"莫得?"我听见瑞安的声音。我听见他正在上楼。我发现我开始哭了起来。我隐约听见他们谁在说话。然后我就晕了过去。

Part 瑞安

同一个酒吧,我第二次和希文打了起来。不过这一次,我希望我能打死他。

后来,人群涌上来将我们分开,有人把莫得抱了出去,我跌跌撞撞地走到了门口。

我双手用力地摩擦着脸,靠着墙坐下。我闭上眼睛,画面来到了那个晚上。

眼前一道亮光,我再睁开眼,眼前出现的是莫得。我睁大眼睛望着四周,是那天晚上的山坡上。

"你要去吗?"莫得问我。我望着她,"不如明晚我们去看电影吧。"我平静地笑着。

chapter 25
Part 瑞安
毕业前夕

2012.1.2
上午

我写了一张纸条,犹豫了很久,决定把它放在蕾娅的储物柜里。

"要是我不记得过去的一切就好了。那样我就不会像现在这样难受了。"我想了又想,还是又拿了回来。回来的路上就看到了她,她望了我一下,笑了笑。

我又纠结起来。我告诉了莫得,她说这样做是对的,"有些事你现在不去做,以后再做可能也没什么意义了。比如你在二十岁时买得起你十岁时想要的那个玩具,可买来后呢?那个玩具对于那个年龄的你已失去价值了啊。你既然已经走出了那九十九步,接下来唯一需要做的事,不是静静地傻傻等待,而是勇敢地走出那一步。""那你说,怎样向人告白比较委婉又温暖?""遇见你,真的是一件挺棒的事。怎么样?""不不,感觉说得很轻描淡写。""天哪,不然你打算怎么写?蕾娅,你是我的生命,离开你我的天空就会崩塌,我就不能呼吸,我的世界仿佛就黑暗了,从此就……""行了吧,我不是说那种浮夸的'深刻'。我是说一种……"

我知道那是一种怎样纠结的感觉,我一边搅动着杯子里的冰块,一边看着莫得。

"If I have to choose a person to live with, then it must be you."她在餐巾纸上快速地写下一句话,然后笑着瞟了我一样。

我也笑了。"Why? You love me?"

"No, I am not in love with you, I just like you."

我装作惊讶的样子。"No?"

"Ok then,… a little maybe…"看到长长的省略号我笑出了声。

"明天再说吧?我今天还有点事。"她笑着站起身。"好。"我说,帮她推开椅子。 "莫得。"我叫住她。"嗯?"她转过头。"我没有打算和蕾娅重新在一起。"她看着我,想了一会儿,回答:"好吧。"

然后我们就回家回答了。

晚上,我又想了想,模仿着莫得的那种伤感的笔调,给蕾娅写了一首诗。

Chapter 25 毕业前夕

关于你

清晨,你将第一缕晨曦唤醒

微微睁开双眼,让我的内心感受到从未有过的平静

我没办法说清那究竟是什么

因为每当和你在一起,我便停止思考

当我的双眼直视你,我觉得我像被一团温暖的云包裹起来一样

融化在你留给我的无限遐想里

可世界注定使人们分分合合

每一次你笑,我的内心便会涌起一阵特别的情愫

幸福中,夹杂着一两声叹息

我明白,和你道别的日子越来越近

因为我听到,忧伤的脚步越来越近

最后看你的那一眼,我尽量使它看起来很平常

可我忍不住挪开

内心浮现无数个我们在一起时的场景

你的双眼那么清澈

内心的无数声道别,一声也说不出口

想你的每一天都充满意义

阳光洒在身上

我眨了下眼睛

我在想，我的睫毛，此时会不会看起来和你的一样轻盈

我想亲口和你道别

可也许我等不到那一天了吧

那么，再见

我想你

写完后，我看了又看，最终，还是把这首诗撕成了碎片。天哪，我到底在说些什么啊。这些字，简直不敢相信是我写出来的。

但有时烦恼容易让人冲昏了头脑，误以为全世界都已被冰雪覆盖，连那一束束阳光与环绕的温暖，都全被忽视不见。

晚上，我把过去的照片拿到沙发上整理。

"我可以看看吗？"妈妈从楼梯上走下来。"请便。"我递给她一些。

她在一片寂静的黑暗中打开了灯，在灯下借着那点微弱的光仔细地看着那一张张照片。浅浅的阴影安静地映在她淡然的脸上，我看到她在轻轻地微笑。周围的一片黑色似乎都腾空盘旋着，在周围像是有无数的萤火虫在幸福地打转，我的脸上也因此浮起一层微妙的美好。

我突然拥抱了她。她吃了一惊，然后又笑了起来。

那么多年，我一直没有这样做过，明明是一件重要

Chapter 25 毕业前夕

的事,我却总是忘记。我始终把家庭放在我的身后,他们一直默默支持着我,我却总是忽略他们。比起我爱你,我更想说对不起。

蕾娅：

书里说，爱是想触碰却又伸回手。

对于我而言，爱是不想触碰却伸出了手。

爱在我身上，有时会成为对对方的一种伤害。

可每当我痴痴地看着你，你却毫不知情时，心中的几分得意与希望你转头望向我的小小期待矛盾地融合在了一起。

我曾经为你设想过许多，只有一点想得最久——为你变得美好。

我发誓，这是最后一封信了。

因为我要和你说再见了。

Chapter 25 毕业前夕

2012.5.1
下午

时间过得很快,一年又这样过去了。等到最后的毕业测验都考完后,莫得像个疯子一样冲出来,整个人跳了起来,我抱住她,然后我们两个人都大笑了起来。

不论最后结果如何,我们始终都陪伴在对方身边,度过了无数难忘的时光。

以后的路还长,即使我们选择不同的道路,我也无所谓。我们在乎彼此。

但还是再见。

chapter 26
Part 莫得
后来

2012.5.2

上午

"诺曼?"我疑惑地喊了一声。他不好意思地笑了笑。"你在搬东西啊?那个……我来帮你吧。"他走过来。"不用了。"我笑笑。"莫得……""你吃午饭了吗?""我……""我们一起吃吧?我们可以去……""莫得。我爱你。"

太突然了。我一下子傻掉了。但立刻,我竟有点想笑。

"可我们才认识多久啊?"

"是啊。我遇见你之后我的生命才刚刚开始。"他坚定地望着我。

Chapter 26 后来

我沉默着望着他。

说点什么吧。我心想。

可他再也没有开口。

天哪,难道你在道别的时候都没有说的吗?

"再见。"我对他说。

他轻轻笑着,朝我挥挥手。

"再见。"

然后我们真的没有再见。

我离开这个度过短暂青春的校园。出去的一瞬间,我看到了她。

"你的行李自己来找到你了。"她笑着走过来。我惊讶得半天才反应过来,尖叫着说:"天哪,你……""你的好朋友把你出卖了。"她笑着说。瑞安,我是应该感激你呢,还是应该……我一边想一边笑。

"你什么时候来的?"我问。"准确地说,我要走了。"她指了指她的行李箱,说:"我已经待了很久了。我只是打算,最后一天来见你。"我笑了起来,和她一起走出去。我听到卡雅在叫我,我回头,卡雅走上前来,先是用一种奇怪的眼神看了一眼她,然后拉住我说,"今天晚上你有事吗?"我又转过头望了一眼她,她立即说:"我马上就要搭飞机离开了。""我送你吧。"我望着她。"不用了。我不喜欢告别。"她笑着说:"反正你明年还会来的，对吧？"我点点头，说："当然。"然后她就拦住一辆出租车，上车后，笑着朝我挥了挥手。我望了又望，直到再也没看见那辆车。

"她是谁啊？"卡雅迟疑地问。我转头望着她笑，答道："一个朋友。"卡雅盯着我，突然笑了起来。

2015.7.2
上午

卡雅，今天我听到你在那里与别人说话。当然，是我在你背后走着的时候就远远听到了，只不过漫不经心地走到你前面再不经意地转过头望着你笑一下罢了。

而你，竟出乎我意料地说让我停下。我回头，有些吃惊地望着你。我看见你向前走了几步，望着我。

那一刻，我觉得你将要说些什么。然而你却说，算了，没什么。但你很快又走上前来，摸了一下我的头发，说："头发太长了些。"又一次幻想破灭——我甚至都不知道你说这句话什么意思。

希望的火光亮了一下，忽地又摇曳着，灭了。

原来真真正正让我心心念念的，不是每时每刻都可以看见你，而是隔了许久之后，在某个地方能再次突然看见你，尽管你身旁有一个陌生人。

Chapter 26 后来

  但你知道吗？我从前的眼神是躲闪着的，每一次我一抬起头，你转过头来，我们的眼神一旦交汇，我就慌忙躲开。你好奇地问我为什么。

  而现在，我正努力尝试着坚定地看着你，尝试着不躲，不闪，不恐惧，不犹豫。

  但距离我们上一次见面，已经三年了。

chapter 27
Part 瑞安
道别与重逢

2017.7.2

上午

我坐在窗边,拨通了电话,迟疑地喊了一声:"蕾娅?"看着窗外熟悉又繁忙的景象。一个个模糊的人影散开,感觉风吹进来,我的手里紧紧地握住手机,心突然收缩了一下,什么话也说不出。

五年了。

除了当年她的脸,敲击着我的心的,还有这个时间,这个没多大意义的数字。我们许多的感情与回忆,都是被时间给带来的它能让世界显得空旷。

电话那一头有了回音:"嗯,我在,我在听。"

其实我的耳边已经只剩模糊与嘈杂了。

Chapter 27 道别与重逢

"你有时间吗？就是……"她问。

"我当然，当然有时间。"我急忙说。

"嘿，我还没说什么时候呢。"她轻轻笑了一下。

电话那头突然沉默了。

窗外那只棕色羽毛的鸟仿佛在嘲笑我。"走开。"我不耐烦地挥了一下手。

"没关系。明天下午？""好。好。"我本想故意装作思考一下的样子，但嘴里的话已经脱口而出了。

我简单地洗了下脸，关上门走了出去。最近总是晴天。在车上，我本来应该想好所有的对话——也许她会想听我这么多年一直想告诉她的话。但我却紧张得什么也没想，只是紧紧地盯着窗外。

我看见她一个人坐在那里。我突然想起了我们第一次去那家咖啡馆的情景：她大笑着，差点把咖啡洒到我身上。

我慢慢走过去，打了个招呼"嘿。""瑞安？哦，你看起来变了不少啊。"她站起来，笑得很好看。

我也笑了。"怎么回来了？在纽约怎么样？""还行。"她停了一下，然后望着我，迟疑地说："那个，瑞安，我要结婚了。"

很奇怪，我却没有表现出应该有的反应，比如像电影里大喊着"不"或是来一番回忆让对方回心转意之类的。可是我什么反应也没有。我听见自己说:"好。"我停了一下,勉强地笑着说:"给你讲个笑话,自从我上次见你,已经五年了。"

她皱了一下眉头,然后笑着说,"你愿不愿意来参加我的婚礼?"我望了一下天空,此时的天白得让人快要晕过去。"我应该会,也许吧。……""好。我等会儿把地址发给你。"她看着我,我有点不知所措,小心地问:"你现在想一起去?""不想。"她又笑着说,"我还没说是哪里呢。""不。不了,我还要回去工作呢。再见。"我笑了一下,一边朝她挥了挥手,一边沿着一条我并不熟悉的街道离开了。她也没有叫住我,也许她会把那杯咖啡静静喝完然后再离开。

我又一次搭上了一辆车,望向窗外。

脑海里没有过去的场景,也没有想象中的无比沮丧与失落。我只是很平静地看着这座承载了我的整个青春的城市。

"再见,蕾娅。"我突然自言自语起来。

离开你之后我才发现,你送我的书,你曾经推荐我的我却还没来得及看的电影,你喜欢的地方,爱听的歌,都是那样有趣美好,但只怪我当初没能早点发现。

而我,也没有勇气去面对现实。可惜的是,当初明明离你那么近。却从不敢多想什么。现在,我一想起来,既难过又羞愧。

所以，如果我们之间的轨迹永不交汇，就让它们继续平行下去吧。

蕾娅，我就是个胆小鬼。我害怕很多事。我害怕我犹豫着拥抱你后，你会不情愿地挣开离去。我害怕我对你说爱你而你只是摇头沉默。我害怕明明只是想一个人去超市买瓶酒，却意外地想起了你。

2017.8.1
早晨

我一个人静静地站在窗边，看着眼前的这一切。想象自己躺在一望无垠的大草原里，阳光温柔地落在我脸上，风一阵阵地吹动着草丛，旁边有轻快的音乐。一个人，静静地闭上眼，感受着来自这个世界的美好。

其实人生也不过如此。我知道我爱的生活是怎样的。

只是，时间过得太快了——我不敢相信第一次去香港是七年前；第一次听那首情歌是五年前；第一次学会在窗边安静地喝咖啡是三年前；第一次意识到自己想要怎样的生活是两年前。而就连那些仿佛昨天发生的事，也竟是几个月前了，看自己的随笔备忘录，显示的也竟是"今年早些时候"。不敢相信，我竟然已经大学毕业那么久了。

很多事情的开始，是"我喜欢"；很多事情的结束，也许也是"我喜欢"。所以，何必在乎其他呢？只要自己喜欢不就好了吗？生活是过给自己看的，别人连观众都算不上。

很多事我宁愿不知道真相，就不会让我头疼、不解、沮丧、难过。我甚至都觉得，我可以在一片宁静的湖边或是潮起潮落的的海边待一个下午。漂泊在这个世界之外。

没有人会知道将来会发生些什么，所以这才让我们怀念过去，在已知的过去中挑选、拼凑出一幅幅令自己满意的画面，但也有人选择抛下过去的一切而拥抱未知。

而我呢，在这样一个分叉路口，被去往不同方向的人推来挤去，麻木又无知，迷茫又可悲。

我一起床，睁开眼，看到洁白的天花板在头顶被窗外暗暗透进来的光分散。慢慢起身拉开窗帘，看着窗外的一切，什么都是原来的样子，年复一年。

但是我很庆幸，你和这趟旅行让我明白，我孤单那么久但并不是孤独。我还有我的人生陪伴。

莫得，你有没有一瞬间也想过回到过去的一段时光？没有吧。

但和你在法国一起的那段时光，我才真正感觉自己属于这个世界的一部分，我的生命才真正被拥抱着。

我有点想你了，莫得。

2017.8.3
上午

天放晴之后，我走到公园里，坐在一张长椅上，手里握着一杯冒着热气的柠檬茶，懒洋洋地靠在靠背上，放空一切，任由时间飘过。旁边坐下一位脸上挂着幸福的表情的老人——我常常碰见她，偶尔会和她说上几句话。我不经意地望向她，看着她的皱纹在脸上泛开。她也转过头，看了看我，我们俩相视一笑。空气开始流淌起来。一切都特别好。

老人以前和她的爱人一起养了一只猫。那是一只很聪明的白猫，能听懂你在说些什么。那只猫活到了几乎是猫的极限年龄。它陪伴了他们十六年，见证了他们从新婚到看着孩子与自己心爱的小女朋友牵手。

最后，生老病死，这一自然的规律，终究没有让任何一种生物逃脱。那只猫死的那天，他们两人一个站在阳台上，一个躺在被窝里，眼睛肿得很大。毕竟对养了多年的猫是有感情的啊。两人一晚没睡。

那天，就是那之后的一年多的某天，我看见她下楼去买东西。路上，她看到一只和他们死去的猫长得很像的小猫，她一下子愣住了。我以为她会哭出声来，但她只是微笑着，对它呼唤起自己那只猫的名字，一声又一声，还跟它说了些以前经常逗他们的猫的话，也不管它听不听得懂。她自顾自地说着一模一样的话，连那只猫走开了她也没注意。

我终于明白了什么叫念念不忘。

她也有过一个深爱的人。听完她的故事，我感觉也许真爱便是和对方在一起几年、十几年、几十年，一起牵手，走到街上去买两支冰激凌，对视时，叫着当年那种亲密又暧昧的称呼，两人都会像个几岁的小孩那样害羞地低下头，悄悄地咧着嘴笑。原来，爱情还有让人年轻的奇效啊。

也许我的生命中也会遇到一个这样的人，我们不会说永远，只会珍惜在一起的每一天。

我甚至都能想象得到许多的浪漫场景，以及很久以后平凡、简单、快乐的家庭生活。

可我想象不出那个人的模样。唉，亲爱的那个人，请问我什么时候才能遇见你呢？

Chapter 07 道别与重逢

2017.8.5
晚上

自从生活归于平淡后,我不再每天祈祷着白天再长一些,而是期盼着夜幕快些降临,这样我可以停止思考,为自己热一杯牛奶,拿出自己喜欢的书,戴上耳机,躺在床上,等着睡意来袭,世界慢慢归于寂静。我似乎已经忘记了我曾经还拥有那样一份神奇的让时间倒流的能力。我闭上眼睛,准备收拾好一切,去见梦里的新的美景,成为一个不可能的自己,过一种与现在截然不同的生活。等第二天的黎明曙光,将前一天埋葬,长长地叹一口气,播放起一首不知名的音乐,像幽灵一样游荡着,去经历新的一天和新的路途。

我就这样沉沉地睡了过去。

chapter 28
Part 尤里安 一生

2017.8.6

上午

Only our love's wedding.

Sorry, that it's not ours.

我伤感地看着艾德给我发来的短信。

他们都说,在年轻人的爱里,我们之间只有喜欢。但我们也没想到,我们竟走到了这一步。

喜欢上一个人是一瞬间,爱上一个人却是一辈子。喜欢上一个人,甚至就开始喜欢上那个本无所谓有多大意义的姓氏。

我们要结婚了。

可是会有谁来参加呢?

Chapter 28 一生

我很想告诉他们,看,这么久了,上帝没有治愈我,是因为这本来就不是一种毛病。但现实却是冰冷的。我不知道是怎么了,就在今天,我告诉他们这件事后,他们就告诉我,我不是他们的儿子。昨天,我的父母他们还告诉我,他们爱我。

2017.8.7
上午

我站在门口焦急地望着四周。

过了很久,也可能只过了一分钟,我看见艾德朝我跑来。我恍惚起来,感觉像是回到了我第一次看见他的那个场景。

"我来迟了吗?"他问。我笑着说:"永远都不算迟。"

我们走进一间很干净的靠海的白色小屋,穿过去,打开后边的门,就来到了海边。所有的等待着的朋友,开始欢呼起来。艾德羞涩地笑了起来。我紧紧握住他的手,就像几年前我和他一起穿过惊讶的人群一样坚定。

Part 瑞安

2017.8.21

早晨

一觉醒来，莫得，我竟忘了你的样子。

真的，一点模糊的影子都记不得了。

我努力地回忆着——你笑起来，好像有酒窝；你喜欢把头发散下来；你戴着个圆圆的很可爱的眼镜……

究竟发生了什么，为什么关于你的记忆像被清空了一般，什么也没有了呢。

不过也好，也许是命运，让我不能牢牢记住你的样子——却让我更迫切地想要见到你。

这会更加真实与美好。

拥有，远远好于回忆。

我睁开眼，坐起来。

我在这个闷热的咖啡吧里向窗外望去。

我才发现，那么多年过去了，这座城真是一点没变。

时间过得那么快，一不小心就像吐的烟圈，刚出来，立刻就散尽了。

我在这座小城里行走穿梭，在咖啡馆里忙碌着。

你也许正在数公里之外，也许在高楼的环绕下站在市中心拍着照片，也许在海边阳光下悠闲地躺着。

我们隔了大半个地球——尽管地球是圆的，仍然不

Chapter 28 一生

能让我们的距离随着你的逐步前进而缩短。

你不会再回来。我们不会再相见。

我慢条斯理地在门口的一张小圆桌前坐下，单手撑着脑袋，等着风轻轻吹过。我看着行人一个个从我眼前走过。远处的天空很好看，只是我有点恍惚了，不知道这一切是现实还是梦。

我突然闻到了莫得用过的洗衣液的香味。我抬起头，香味消失了。而一切都仍是原样。

我想起莫得离开那天的样子。我送她到火车站。

"我想谢谢你，"我停了片刻，接着说："谢谢你让我有幸遇见你。如果没有你，我很有可能会往黑暗越坠越深。其实，我真的很喜欢你，莫得。"我望着她。

"我也是。"她笑了起来。

然后是无尽的沉默。她有点不安地整理着她的衣边。"我帮你买瓶水吧？""不用了。"她轻轻地偏了偏头，又望向了前方。

随便说点什么吧。我在心里祈祷。

广播里响起列车信息播报。"走吧？列车要开动了。"我帮她提起行李——还是像两年前那样简简单单的一个背包，旁边也只是多了一把吉他而已。"好。"她接过行李，转身离开。

还有几秒钟就要与她分开。

就像在听自己生命的倒计时一般倾听着自己的心跳。

我看着她越走越远。"再见"这个词怎么说得出口。

列车缓缓到站,她走了上去,我感觉她有点发抖。然后她半转过脸来,朝我轻轻地笑了一下就踏进了车厢。

多年前的所有事,碎片一般地浮现在我的脑海,一提起"莫得"这个名字。我的心里就激动万分。

"再见,莫得。"我努力抬起手,向那个背影挥了挥手。

车开动了,慢慢驶向了远方。

"再见。"风吹过时,我隐约听到了这一句告别的话。

所有的过往都随着她的离开而结束了。她对我说过的所有的话,生硬地停滞在了我的脑海。

我披上外套,走出了车站。

她会回来吧?我安慰自己。

她选了个好天气。今天没有下雨。街道还是像当初我逃出来时的那个清晨的样子,笼罩着一层雾气。

奇怪!刚才明明什么话都说不出口,现在一分离,又什么都想说。

所有的遇见,其实都是离别的前奏,但是我们仍然会去享受中间这段过程,因为当我们老去,再回忆时,不会只记得离别。

从今以后,我的人生再也不是有她在时的那个样子

Chapter 28 一生

了。但我仍然会很认真地想念她。

我静静地往回走。慢慢地走在空旷的街道上。我回头张望，却一句话也说不出，张开嘴，仍然是一片哑然，以及满眼的惆怅与无奈。

几小时后，我站在卧室的窗边，看着一两辆自行车在冰冷的空气里偶尔穿过。她也许打开了丹麦的地图，想着今晚会去看哪一片夜景，明天将会去参加什么活动，然后沉沉睡去。

离别是最艰难的事。可我往往都是在那之后才明白。

我犹豫着，给她发一段信息：

我很擅长想象
我想去月球上种一束薰衣草
我想过给一头粉红色的大象挂上一束风铃
我想过拥抱一朵飘落在枝头的云
我想过躺在浅蓝色的屋顶上数着有多少个灵魂经过
我想过很多事
只是没有想到你会那么快地离开
在一个连沉默都在叹息的下午
心里有一座飘在浪漫空气里的城市，无论在哪里，做什么，我都想拥抱它。我似乎从未停止过追寻它。

我走出房间，站在客厅中央。同样的角度，同样美好的阳光洒进窗来，同样熟悉得让我大口呼吸的风的味道——那么多年了，一切都没变，变的只有我而已。

莫得，我们如果不会再相遇，我也不会遗憾，因为我们的人生再也不一样了。

2017.9.1
上午

希文。我默念起这个名字。

以前的他，还在我的照片上露出牙齿疯狂地笑着，但昨天我去参加他的葬礼时，他已经成为黑白的过去了。

我叹了口气。

毕业后，他就去了西班牙，过着他放纵的生活。当然，每个人的选择不同，像我，仍然也只能待在这间小小的咖啡吧里。

但经历了那一次派对事件后，他在我脑海里的印象已经扭曲起来。我不知道他是怎么想的。

但他已经成为过去了。

Chapter 28 一生

2017.9.2
下午

"你知道吗？我之后又去了法国，然而令我意外的是，我竟然不是再一次为巴黎的风景倾心，我是在火车上，听到广播里的那句'下一站，阿维尼翁……'时，心颤抖了起来当我走出来看到绿荫下的安详又快乐的街道时，我差点哭了，我竟有种回家了的感觉……"莫得跟我打来电话——在某一个意外的晴天。

"你去了普罗旺斯吗？"我放下手中的咖啡杯，问她。奇怪，我们明明很久都没有说过话了，一说话却感觉像是昨天才见过面一般。

"我知道我食了言，我第二年当然没有再回去，可我一直都想念着那里的一切。现在想来，之前我遇到的那个女孩应该也已经去了另一个城市了吧。我对她承诺过，我还会回去。可惜，我真的一不小心就食言了。我只希望，我一定可以再遇见她，而再见，一切都不同了。在未来的某一天，以一种惊喜的方式。"她停顿了片刻，接着说："遇见你也是一样，瑞安。我们会遇见的。"

我笑着说："好啊。那就看什么时候吧。哪一天，说不定我会在某个咖啡馆里看到你……""喂，是我在那里看到你更有可能吧。"她笑出了声。

"还记得那会儿我们喜欢过的那些明星吗？现在好

几个都已经开始享受她们的人生了——是放下一切真正去享受的那种。有时我真的想念我看那些电影时的痴迷，听那些歌时疯狂的表情，哈哈。"她有点惋惜地说。

"其实，随着时间的推移，你那会儿痴迷过的明星们都会渐渐老去，甚至你只会记得他们当时的模样，你为他们疯狂的模样，你渐渐失去他们的消息。你会陪在那个平凡的爱人身边，回忆着年少时的纯真岁月以及把喜欢的明星当作全世界的幼稚与可爱。这就是生活嘛。"我缓缓坐下，把手搭在座椅靠背上，仔细地听着她在电话那头的声音——我想装作我正在和她面对面讲话。

"那次旅行，亲爱的，就是我的一个长长的，不愿醒来的梦啊。阳光下清晰的街道，埃菲尔铁塔旁相拥的恋人，普罗旺斯冰激凌店旁的难忘的笑脸，尼斯疯狂弥漫的海滩，重回巴黎时夜色的朦胧激烈地撞击着我的心灵还有你……也许都是梦吧。"说完，她沉默了。

我见过形形色色的人；我也走过很多地方，而我最喜欢的是巴黎。因为你最喜欢的地方是巴黎，我最喜欢的人是你。当你真正去爱这个世界时，你便觉得你活在这个世界上了。我想。

那种熟悉的感觉一下子让我不知所措。

在那个阳光照耀的下午，在那个被绿荫掩映的房间里，我想象此刻我正望着她，我们像发了疯一样不停地

Chapter 28 一生

笑,我们来到一个草坪上,躺在一起,漫无目的地聊着天。或者是我牵着她,走到某个咖啡馆门口时,里面放着我们最喜欢的歌。

"《飞鸟集》里面有这样的话:'可能'问'不可能':'你住在什么地方?'它回答道:'在那无能为力者的梦境里。'我曾经的一切,随着我那让时间倒流的能力的消失而一起离开了。不过我应该庆幸,它让我真正生活过。"我笑了。

莫得愉快地叹了口气。"嘿,我有点想你了。""有点吗?才止一点吗?"我笑着说。"好吧,非常。"她笑着轻轻地挂断了电话。放下电话的我暗暗告诉自己:我们之间的这次通话,绝不会是最后一次。

她的声音离开后,我缓缓地翻动着我们过去的一条条对话,就像在听咖啡吧里的一首安静的情歌。

chapter 29
Part 莫得
他已经离开

2017.9.10
上午

"我以前，写过一些信，都是给你的，但我不知道我有没有那样的勇气寄给你，况且，我不知道我对你来说是不是比那时更不重要了，所以我就把所有的收件人都写成了'斯里茨'。"我又在接卡雅打来的电话了——我还是那么软弱，我没办法拒绝她打给我的电话。所以这五年，我也迷迷糊糊地在她声音里想象着她的世界的样子，想象着我们仍读在大学。

"是谁？"她笑了问，"有什么特殊含义吗？"

"你认识弗里索吗？"

"不认识。"

Chapter 29 她已经离开

"没什么,就随便写的一个名字而已。"

"哦。"她还是像以前一样,轻轻地牵动了一下她的嘴角。只是我终于读懂了她声音里的不耐烦。我起身,走到窗边。"再见。照顾好自己。""好,"电话那头的声音听起来有种释然的感觉,"你也是。"放下电话,听筒里的声音彻底消失了。

我看着几个皮肤黝黑的阿根廷年轻人在窗外弹吉他,跳着舞,旁边有两三个人在喝着清凉的啤酒。我长长地舒了一口气,很开心地走了出去。

其实我想告诉她的是弗里索的故事。很简单。他是一个荷兰的王子,他在大学里对一个平民女孩一见钟情,为她那初见时温暖的微笑将自己的整个灵魂都放心地倾注到了她身上。他为了爱放弃了王位。他们在成婚那天,他的眼神告诉世界,他是这个世界上最幸福的人。当他因意外一直昏迷在床到他死的那天,那个叫斯里茨的女孩都一直陪在他身边。因为她明白这个男人给她的爱,再也没有人可以代替了。

我本想让她知道,我希望她可以找到一个爱她,她也爱的人。不过,大概在一场派对过后,可能什么都不会停留在她的脑海里了吧。所以她不知道也没有关系。我将与她的回忆删除,最后只剩下了我们第一次见面的那一瞬间,她对那个孤独无依的我的最善解人意的微笑,以及她第一次看到我写的文章时眼里闪烁出的美。

我咬了下手指,犹豫了一会儿,在她的电话号码后,按下了那个删除键。

"还有啤酒吗?"我对外边那几个人说,然后轻轻吹了下她曾经教我的口哨,走进阳光下。

卡雅,以前,我总是站在你左右,和你一起穿过长长的林荫大道,阳光将我们的身影拉得很长。

之后,我总是站得很远,悄悄地看着你,那个与我的世界其实并没交集的你。我嘴角上扬,心里觉得很温暖。当你回头,瞥见正盯着你的我时,我感觉像是什么不得了的秘密被发现了,心疯狂地跳动着,赶紧转过头去,匆匆离开。

以前,我们在彼此的心里都占据了一个不可忽视的位置,所以,我提心吊胆地珍惜着你的每一份爱。

后来,我发现自己渐渐在你的世界里无足轻重起来,所以我不害怕你离开了。

准确地说,她已经离开了。

Chapter 30 以后

chapter 30
Part 瑞安
以后

2019.7.5
上午

  两年后，我搬来了巴黎。一家小小的咖啡店，便是我的全部。
  其实，我早已偷看到了结局的背影，可是我很没用，因为我还是选择沉沦在过去的怀抱里。
  而现在，我想去面对我的一切，不管它是好是坏。
  "这个时代，没你想象中的那么好，可也没你想象中的无可救药。"
  我的生命也是。我想了想，拿出电脑，飞快地在上面敲下了几个字："我和过去的我。"
  我望着窗外巴黎的阳光，和记忆中的一样。
  以前的我还停留在这里，还是已经离开？我也不知道，也没有必要知道。
  所以我微笑着，走向外面的人群。

2019.10.2
医院

"瑞安,他今天怎样,还是老样子?"

"嗯。你知道的,没有太大变化。"医生正准备离开,突然又转过头来。

"那么多年了。他一直没有醒过来。其实你知道你不必……"

"我知道我会陪在他身边,我打小就知道。难道你不愿为你最好的朋友等待吗?"

医生叹了口气,离开了。

莫得摘下眼镜,拿着一本书,坐到了病床前。

风吹进来,吹着她浅色的长发。她一手拿书,一手把头发拨到耳后去。

"真希望一切可以重来啊,这样我就不会让你一个人在那里去面对这突然发生的一切了。瑞安。"她浅浅地笑了起来。

不,不要重来,让它走吧,莫得。我的生命已经不能走了,所以让它帮我走下去吧。

对了,在它走之前告诉它,如果它愿意,请快些走,不要唤醒我。

永远不要。

Chapter 30 以后

Part 卡雅

我第一次见到莫得的时候,她站在一棵树下。四周那么嘈杂,但看见她一个人站在那里,突然让我感觉四周什么都没有了,只剩下了她她眼里的那份孤独让她四周的空气朦胧了起来。

我突然恍惚了。然后我随着人群走过去。

"我是卡雅。"天哪,我为什么要这样和她打招呼——用这样一个平淡而老套的方式?

她抬起头望着我,立即就笑了起来。

"看起来你喜欢……"我迅速瞟了一眼她手里的书,接着说,"喜欢看这本书啊。"该死,我居然连书名里有个单词都不认识。

"还行。我是莫得。"她笑了一下,脸变得通红。"你很容易害羞?和陌生人说话时?""不全是。""你的眼睛很亮,很好看。""谢谢。"她笑了笑。"你喜欢看电影吗?向你推荐一部电影,不知道你会不会喜欢……"

"喜欢。"她脱口而出。"我还没说是哪一部呢。"我笑了起来。她又脸红了,然后也跟着笑了起来。"那我们一起去看电影吧。"我毫不犹豫地说。"好啊。什么时候?"

然后我们就这样认识了。每次我跟她说话,就感觉我们已经认识了很久一样。我喜欢听她的故事——所有故事。

她讨厌电影正式开始前和剧终后那段屏幕变黑的时候。她觉得像一个巨大的黑洞将要吞噬她一样。我看着她有点紧张的样子，把脸转过去悄悄地笑了起来。

"你觉得怎样？""啊？""这部电影？"我小声地问她。"还行……主角挺看的。""那就说明这部电影挺差劲的，因为你都只顾着看主角去了。"

"其实电影里两个主角的家，明明就只相隔一条被阳光与露水铺满的街道，但在其中一个的眼中，那却是一片波澜壮阔的大海，使他永远无法有勇气去横渡。"我望了她一眼，"也许很多错过是因为没有开口，而很多错误却是因为开了口。开口还是紧闭自己的嘴——这才是一个永恒的问题啊。所以，我觉得他们的错过是必然的，也不会是遗憾。"

她去买了一种很甜的牛奶，她觉得有种瞬间融化的感觉。她坐在台阶上，双手抱着透明的牛奶瓶，两条腿前后轻轻晃动，像个小孩子一样，差点就快乐的跳起舞来。

离开时我笑着去拥抱了她一下。拥抱她的一瞬间，我感觉像是夏季的海浪亲吻了自己。一个如此有活力的一个女孩，怎么样都不会让人感觉到冬天的寒冷。

也许对她来说，那个下午，只是她无数记忆中的一小段，而对我来讲，那个瞬间就像我的一辈子那么长了。

Chapter 30 以后

至于后来我们之间的事,我只想说:
莫得真傻。
不过也不怪她。
她不可能看得见我转身时的犹豫与难过。
可我究竟在躲避什么呢?
我好恨自己啊。

Part 蕾娅

我翻到之前他亲吻我的那一天，我写的日记。我渐渐回忆起——

我"砰"的一声关上门，然后顺着门慢慢滑下来，瘫软在地，我双手捂着脸，露出眼睛来悄悄地瞥着窗外那只也许在想我为什么会脸红的鸟。"走开。"我用一种奇怪的腔调小声地说着。

我的世界开始旋转起来。嘴里有一股蜂蜜桂花蛋糕的清香与玫瑰清茶的味道交融着，我的世界只剩下这股甜甜的味道，让我一下子凝滞了呼吸。

天啊，只有那只鸟才知道我当时有多愚蠢。

我从未有过这样的感觉。

瑞安？我糊涂得甚至都不确信你的名字了……

现在我倒是确信了。可你呢？自从你说完"分手"这个词后，你念"蕾娅"时，我都觉得很陌生了。

我问我自己，我究竟有没有爱过这个男孩？

我想了很久，仍然不知道答案。

Chapter 30 以后

Part 希文

我是希文。

我的心里住着一个恶魔。他一天一天地侵占着我的心，如今，我的外表只不过是掩饰他的一个皮囊罢了，我的灵魂早已离开，只有他，散发着一股邪恶的气息，在我空荡的躯体里萦绕。

恶魔有爱的权利吗？

当然有。他只是恶魔，只是与我们有些许不同罢了。He is an evil, but he's not evil.

如你所见，我从未真正喜欢过一个人。我一直觉得，永远别问我"你还会继续爱我吗"这样的问题，因为爱你的人会永远爱你，无须表达，不是真正爱你的人，即使你听到的是"会"，你也知道那是谎言。

没有人会是另一个谁的生活的一部分。你以为没有了那个人，你的世界几乎要停止转动了，其实并不会，你会发现，地球上七十多亿人，你的爱永远不可能只为一个人一次匹配到位。

人都有两个自我：一个在光亮中睡去；一个在黑暗中醒来。

我呢，我在这不清不楚的灰蒙蒙的破晓中半睁开眼。

我有幻想症。

我是个胆小鬼。

我有轻微的焦躁症。

我想过至少二十次自杀。

我觉得女人抽烟很好看。

我想逃学。——现在不想了，我想辍学。

我不知道自己是否能真正专注于一份长久一生的爱情。

我对婚姻、对家庭、对抚养小孩感到恐惧。

我害怕老去的那一天到来——尽管现在想这件事很没道理。

我恨自己，不止一百次。

但综上所述，其实我非常胆小，所以很多事并不能同时在我这辈子实现。

人对自己捉摸不透，是不是世界上最可笑、可怕又无奈的事呢。

Chapter 30 以后

Part 莫得的心理医生

我发现她一下子紧张起来。此刻，她正描述着她眼前的世界："周围好像是一片轰鸣声，一群人围着你，威胁声、骂声此起彼伏，而你脑海里唯一的想法——逃走，都被凶神恶煞的人群挤散。你不吭声，然后你便会感觉一阵痛在你眉骨上蔓延，紧接着是胳膊、胸口、腿……你会感觉世界突然旋转了起来，可你什么不能做，只能任由这群野兽吞噬着你。直到你听到一声刀落在地上发出的清脆又响亮的声音后，人群才散开，血开始顺着你的躯体滚落，那时才是结束你会明白，人学起禽兽来，连禽兽都会被吓得落荒而逃——太像它们自己了，甚至更加逼真。"她那恐惧的双眼，让我听出了她声音里的颤音来。

突然，她站起身来，准备离开。

我轻轻地告诉她，她可以把她想说的写下来。她仍然害怕地瞥了我一眼，深吸了一口气，"砰"地一下，把门关上走了。

我低下头擦了擦眼镜。

第二天，我的桌上多了一页纸，破碎的边缘，应该是她从她的日记本一类的东西里撕下来的。我看了看，其中有一段让我大概明白了：

"喂。"她们叫住我。我用力地闭了下眼。"你身上是不是真的有个疤？你不会介意给我们看看吧？""走开，真的没什么。""如果你不给我们看，我就告诉其他人。"然后就有几个恶狠狠的人走上来拽住我。我绝望地闭上眼，那几秒的感觉像是囚犯在等待行刑。

他们嘲笑着离开了。我两腿发软。这真的是在学校吗？我靠在墙边，不知道这是一种什么感受。

这段话的后面是一团张牙舞爪的墨迹。

应该是校园欺凌。我犹豫着要不要告诉她的家长，可看来这应该是很久以前的事了，而我需要知道更多关于她的近况。我需要她和我一起直面她的阴影。

Chapter 30 以后

Part 诺曼

2011.8.1

莫得为什么还不回来？

我有点担心她了。她在哪里呢？

我是诺曼，是一个她生命中不重要的人。我发誓，我真的想问她发生了什么事，我要怎么帮她。可我不能，我只是一下子找不到理由这样做。

可我还是忍不住喜欢她。

我不在乎她吗？但当你真的不在乎时，你是不会说"我不在乎"的。反之，你如果真的不在乎，你只会无所谓地笑笑，继续看自己的电影，听自己的歌，过自己的生活。但我做不到。

所以，我每天的想念，应该是我在乎她的证明了吧。

当我深深地喜欢她时，我讨厌她望着别人笑。那时的我很自私，我希望她的笑只属于我一个人。每次看见她，我不会像别人一样简单地挥挥手，我会对着她笑。那是我打招呼的独特方式。

"对于我这种胆小鬼而言，暧昧比大胆说出来的关系好多了。"我向我的朋友说起我的想法。

"是吗？那多年以后，你看到她和她的男朋友走在街上，你还要装作很开心地假装祝福他们时就不会这样想了。说出来，起码还有一点可能，不说，那'一点'都没有了，这会是你人生的巨大漏洞。"他责怪我。可我真的不敢告诉她。

早晨，唤醒我的甚至都不是闹钟，要么是现实，要么是她。

那双浅蓝色的眼睛，像星辰坠入了茫茫大海。我也跟着坠了进去。

我第一次看见她时，当时，我看着她一个人静静地站在窗边。她的神情忧伤。她的眼眸清澈得像突然涌现的泉水，明亮得像晴朗的星空。四季在她身边变幻。夏风吹拂，掠过她美丽又忧伤的脸庞，秋风又将街边的树叶吹起，冬季的雪又被吹落到她的长发上，春天一来，又将一切唤醒。

看着她，我以为我来到了另一个世界。

我觉得我患上了严重的臆想症，因为我总是以为我可以和她在一起。爱上她之前，她已经成了我的一切。爱上她之后，我的一切只有她了。只要是与你有关的，就是一切。

所以，我现在才知道，对一个人最大的惩罚，就是让他在离开他所爱之人的瞬间，发现自己爱上了那个人。莫得离开之后，我才发现我有多在意她。他们说，在年轻人的爱里，只有喜欢，那什么才叫"爱"呢？那她会不会爱我呢？

Chapter 30 以后

我觉得，这是一个哲学的范畴，而不巧，其实我的哲学糟糕透了。

2011.8.3

我想起了之前和莫得一起看电影的场景。"诺曼。"她笑着叫我。我紧张地在那里等了很久，然后很笨拙地笑了笑。"你好啊，莫得。"

我紧张到全身差点被汗水打湿。"电影里的他们为什么不能在一起？"看完之后，莫得问我。我紧张地笑笑。

"有些人啊，不甘只做朋友，可又不敢开口当恋人。"我叹了口气。

"女主角可能没有死去。如果有一天，你离开这个世界……如果你在你的生前真正帮助过、爱过一个人，哪怕最终只有一个人真正记得你，你都不会'消失'，你只是离开了一段时间。所以，电影中的女主角挂掉电话的那一瞬间，那抹笑是因为她爱的那个人并没有死去。只是在一个遥远的地方等待着未来的重逢。"我望着她，突然迷惑了。

泡腾片沉入水中，沉醉的不过十几秒。而那一瞬间以后，我沦陷的却是一辈子。

如果我的人生是一部长长的电影，莫得，我希望以后的每一幕都有你的身影。

2012.5.2

我看见莫得了。我走上去。"莫得。""你好啊,诺曼。"那一瞬间,我才明白,一个人看不见尘世,是因为他眼里有宇宙。我看不见其他人,是因为我正看着她。感觉好久没有看见她了。

我把手轻轻举起,又在离她肩膀一厘米处轻轻沿着刚才的轨迹放下。她转身离开。我望着她的背影,准确地说,是漫不经心却又鼓足万分勇气地移动我的目光。不知道她会怎么想,但我只祈求多年以后,别人不要告诉我,她当年像我这么喜欢她一样喜欢过我,那样我会在忏悔中度过一生。

当然,那几乎是不可能发生的。

她不会喜欢我的。我遗憾地叹了口气。她说的一字一句我都记得非常清楚。毕竟,我们说过的话,就只有那么几句而已。

那一刻我才明白,幸运与幸福是别人的,而我,似乎什么也没有,两手空空地望着你,甚至都不敢奢求你给我一些。施舍的,毕竟太过卑微。

Chapter 30 以后

2019.11.24
医院

她往后退了几步,轻轻地告别:"拜,"她望了几眼躺在床上一动不动的瑞安,那个认识多年的男孩,接着说,"我……改日来。"飞往巴黎的机票在她的双肩包口袋里若隐若现。

她轻轻地转身,离开时带上了门。

过了一分钟,她又推开门,又犹豫着走近,弯下腰,轻轻地快速吻了一下瑞安那紧闭的双眼。

那一刻仿佛成了永恒。

然后她轻轻叹了口气。

不敢回头,径直背上她那个泛旧的背包,走向了车站。

后记

不知道你有没有看懂结局？

我本来想写每个故事里的人物都基本得到了自己想要的生活的结局。可你知道，世界上真正得到自己想要的生活的人又有几个呢？所以这已经是每个人，包括瑞安能够得到的最好的结局了。他和过去的自己和解了——在他的意识编织的完美的梦里。

那是个梦境。也就是说，瑞安从未醒来过——自从他第一次昏迷以后。这一切都是他的意识流。而意识流里的时间与他昏迷的那个真实世界的时间是不同的，这也是为什么你会感觉，特别是最开始时，有无数条错杂的时间线在你眼前盘旋着了。

但至少他看到过这个世界了。至少他还有人值得去爱。

我和瑞安，和书里每个人一样，也许都不属于这个世界，可又舍不得抛下它。

毕竟昨天已经过去了，我能等到的，也只有十年后了。